おっことチョコの魔《ま》界《かい》ツアー

作／令丈ヒロ子Ｘ石崎洋司
絵／亜沙美Ｘ藤田 香

講談社 青い鳥文庫

おっことチョコの魔界《まかい》ツアー

おもな登場人物《とうじょうじんぶつ》

「黒魔女《くろまじょ》さんが通《とお》る!!」御一行様《ごいっこうさま》

チョコ
(黒鳥千代子《くろとりちよこ》)

小《しょう》5。ギュービッドのもと、いやいや黒魔女修行中《くろまじょしゅぎょうちゅう》。

ギュービッド

チョコの修行《しゅぎょう》を指導《しどう》しているインストラクター魔女《まじょ》。

桃花《とうか》・ブロッサム

ギュービッドの後輩《こうはい》の黒魔《くろま》女《じょ》。人間界《にんげんかい》に住《す》みついている。

悪魔情《あくまじょう》

人間界《にんげんかい》と行《ゆ》き来《き》する魔界《まかい》の情《じょう》報屋《ほうや》。あわて者《もの》で失敗《しっぱい》が多《おお》い。

「若《わか》おかみは小学生《しょうがくせい》!」御一行様《ごいっこうさま》

おっこ
(関織子《せきおりこ》)

小《しょう》6。祖母《そぼ》峰子《みねこ》の旅館《りょかん》『春《はる》の屋《や》』で若《わか》おかみ修業中《しゅぎょうちゅう》。

ウリ坊《ぼう》

春《はる》の屋《や》に住《す》みつくユーレイ。実《じつ》は峰子《みねこ》の幼《おさな》なじみ。

鈴鬼《すずき》

古《ふる》い土鈴《どれい》にすむ魔物《まもの》。姿《すがた》は幼《おさな》いがちょっと邪悪《じゃあく》。

秋野美陽《あきのみよ》

秋好旅館《しゅうこうりょかん》の長女《ちょうじょ》。7歳《さい》でユーレイに。春《はる》の屋《や》に住《す》みつく。

1　魔界《まかい》で忘年会《ぼうねんかい》!?

「ギュービッドさまぁ、ほんとにこのかっこうで商店街《しょうてんがい》に行《い》かなくちゃいけないの？」

ゴスロリに着《き》がえおわったチョコが、悲《かな》しそうな目《め》で、ギュービッドを見《み》あげた。

「あたりまえだろ。たとえ低級《ていきゅう》でもおまえは黒魔女《くろまじょ》なんだぞ。人間《にんげん》にまぎれこんだ、邪悪《じゃあく》な死霊《しりょう》たちを見《み》わける『ゲイジング』の修行《しゅぎょう》するのに、ゴスロリなしでどうすんだよ。」

「でもさぁ、商店街《しょうてんがい》、お正月《しょうがつ》の準備《じゅんび》の買《か》い物客《ものきゃく》がいっぱいなんだよ。そこでゴスロリ着《き》て、みんなの顔《かお》をじろじろ見《み》るなんて、はずかしいよ。」

なんとかして、街《まち》に出《で》かけずにすむよう、チョコはねばる。

「年末《ねんまつ》でごったがえしているからこそ、いいんだよっ。お正月《しょうがつ》かざりを売《う》る露店《ろてん》に、魔法《まほう》屋台《やたい》がまじってるかもしれないだろ。ゲイジングの修行《しゅぎょう》には、ばっちりだぜ。」

「じゃあ、桃花《とうか》ちゃんといっしょに行《い》くっていうのは？」

「だめぇ！　おまえ、桃花《とうか》にすぐたよるだろ。それじゃあ修行《しゅぎょう》にならないんだよ。」

「でもぉ……。」

言《い》いかけて、頭《あたま》にのばしたチョコの手《て》が、止《と》まった。

「そうだ！　ゴスロリのリボンが見《み》あたらないんだよ。お部屋中《へやじゅう》さがしてもぉ、見《み》つからなくてぇ。だからぁ、やっぱりぃ、ゲイジングは無理《むり》かもぉ。」

「アホ、バカ、マヌケ、おたんこなす、短足《たんそく》、鈍足《どんそく》、コラーゲンいっぱいでお肌《はだ》にいい豚足《とんそく》！」

ギュービッドは、黄色《きいろ》い目《め》をぴかぴかさせた。

「なに、ぶりっ子百合《こゆり》ちゃんのまねしてんだっ。おまえみたいなへちゃむくれには、ぜーんぜんっ、似合《にあ》わないんだよっ。だいたい、リボンのひとつやふたつ、なくても平気《へいき》なのっ。魔力《まりょく》は、リボンじゃなくて、服《ふく》にたまってるのっ。さっさと行《い》ってこいっ！」

ギュービッドに背中《せなか》をこづかれて、チョコは、泣《な》きそうな顔《かお》で部屋《へや》を出《で》ていった。

階段《かいだん》をおりていく足音《あしおと》が遠《とお》ざかり、ためらったように玄関《げんかん》のドアが開《あ》いてしまる。

それをしっかりたしかめると、ギュービッドは、チョコのベッドに寝《ね》ころがった。

「ふうっ。やっと『なかよし』が読《よ》めるぜ。新年号《しんねんごう》は特別増《とくべつぞう》ページだし、まったりゆったり、楽《たの》しまなくちゃな、ギヒヒヒヒ。」

ギュービッドが、にたにたしながら、ページをめくりはじめたとき。

「いやあ、あいかわらず、おいそがしいんですねぇ。」

とつぜん、クローゼットのほうから、子《こ》どもの声《こえ》がした。

「く、くせもの！　であえ、であえ！　って、家来《けらい》なんていないか。よ、ようし……。」

ギュービッドは、がばっとおきあがると、両手《りょうて》をあわせ、目《め》をとじた。

「サタンよ、ベルゼブルよ、そして墓《はか》の上《うえ》をさまようものよ。われの生《い》けにえを……。」

「わわわっ、黒死呪文《こくしじゅもん》はやめてくださいっ、ぼ、ぼくですっ！」

大《おお》あわての声《こえ》に、ギュービッドは、呪文《じゅもん》を止《と》めると、目《め》を開《ひら》いた。

クローゼットのとびらの前《まえ》に、金髪《きんぱつ》の小鬼《こおに》が、へたりこんでいる。

色黒《いろぐろ》の顔《かお》に小《ちい》さな目《め》。真冬《まふゆ》だというのに、上半身《じょうはんしん》はだか。

「す、鈴鬼《すずき》です……。」

鈴鬼《すずき》は、金髪《きんぱつ》のあいだにのぞかせた小《ちい》さな角《つの》を、ぶるぶるふるわせている。

「おおっ、鈴鬼《すずき》か！　ひさしぶりだぜ！」

一秒前《びょうまえ》までの冷《つめ》たくておそろしい表情《ひょうじょう》に、ぱっと白《しろ》いバラのような笑《え》みが広《ひろ》がった。

（いや、ひさしぶりって、つい二、三日前《にちまえ》に会《あ》ったばかりですけれど。）

鈴鬼《すずき》はそう言《い》おうと思《おも》ったが、ここでさからって、また黒死呪文《こくしじゅもん》をかけられたらたまらないと、がまんした。

「変《へん》なところからあらわれるから、ヘンタイ死霊《しりょう》のストーカーかと思《おも》ったぜ。あたしは、このとおり、魔界一美《まかいいちうつく》しい黒魔女《くろまじょ》だからさ、いろいろたいへんなんだよ。」

（なに、アピってるんだろうな、この黒魔女《くろまじょ》。）

鈴鬼《すずき》はそう思《おも》ったが、変《へん》なことを言《い》って、また黒死呪文《こくしじゅもん》をかけられたらたまらないと、ぐっとがまんした。

「いえ、ぼくは、壁《かべ》をとおりぬけて移動《いどう》するのが、ふつうなんで……。」

「そうなのか？　鬼族《おにぞく》のことはよくわかんないけどさ、あたしたちは『ワルはイヤ旅館《りょかん》』で、いっしょに酒《さけ》を飲《の》んだ仲《なか》なんだから、遠慮《えんりょ》せず、堂々《どうどう》と玄関《げんかん》から入《はい》ってこいよ。」

（『ワルはイヤ旅館《りょかん》』じゃなくて、『春《はる》の屋《や》旅館《りょかん》』だよ。）

鈴鬼《すずき》はそう言《い》おうと思《おも》ったが、へたなことを言《い》って、黒死呪文《こくしじゅもん》をかけられたらたまらないと、ぐっとがまんした。

「で、あたしになんの用《よう》だ？」

「いや、とくに用《よう》はないんですけど。ギュービッドさまも、手《て》の焼《や》ける弟子《でし》をかかえて、苦労《くろう》なさってるんじゃないかと思《おも》いましてね。それで、年末《ねんまつ》のごあいさつもかねて、ちょっとお好《す》きなものをさしあげようと。」

鈴鬼《すずき》は、おずおずと、体《からだ》と同《おな》じくらいある紙袋《かみぶくろ》をさしだした。

中《なか》をのぞいたとたん、ギュービッドが飛《と》びあがった。

「こ、これは、魔界《まかい》で一、二を争《あらそ》う名魔菓子店《めいまがしてん》『たちば魔《ま》』の……。」

「冬限定《ふゆげんてい》の闇玉暗《やみだまあん》みつです。この闇黒《あんくろ》みつが、たまらないまったりした甘《あま》さですよ。こっちのびんは、『悪業膳水《あくごうぜんみず》の如《ごと》し』です。どうです、ごいっしょに。」

「おお！　めっちゃキテるぜ！　あ、ちょっとまて。おまえに送《おく》ってもらった、かまめしの容器《ようき》で飲《の》もう。魔界《まかい》じゃとてつもない貴重品《きちょうひん》なんだぜ。ああ、それで酒《さけ》を飲《の》むなんて、なんというぜいたく！　ギュービッド、年末大好《ねんまつだいす》きぃ！」

鈴鬼《すずき》は、最後《さいご》のセリフは、『黒魔女《くろまじょ》さんが通《とお》る!!』で読《よ》んだことのあるような気《き》がしたが、きげんをそこねて、黒死呪文《こくしじゅもん》をかけられたらたまらないと、ぐっとがまんした。

「で、どうなんだ、鈴鬼《すずき》。おまえのほうの調子《ちょうし》は?」

かまめしの容器《ようき》にどぼどぼとお酒《さけ》をつぎながら、ギューピッドがたずねた。

「ええ、ちょっと疲《つか》れぎみですかね。じつは最近《さいきん》、魔界活動《まかいかつどう》がいそがしいもので。」

「魔界活動《まかいかつどう》? ほんまかい、なんちって。」

こんどはギューピッドのことばを最後《さいご》まで聞《き》かず、鈴鬼《すずき》は語《かた》りに入《はい》った。

「でもたいへんなのは、ぼくよりおっこのほうなんですよ。年末年始《ねんまつねんし》は温泉《おんせん》に泊《と》まるお客《きゃく》も多《おお》いし、忘年会《ぼうねんかい》もあって、大《おお》いそがし。しかも最近《さいきん》は魔界《まかい》からのお客《きゃく》の相手《あいて》もあるし……。いくら人間《にんげん》ばなれした生命力《せいめいりょく》の持《も》ち主《ぬし》だといっても、おっこだって人《ひと》の子《こ》でしょう? 冬休《ふゆやす》みを働《はたら》きづめというのも、気《き》の毒《どく》でねぇ。」

しみじみと語《かた》る鈴鬼《すずき》を、ギューピッドは、ぐいっとお酒《さけ》をあおりながら、見《み》つめた。

「ふーん。あの昆布巻《こぶま》き女《おんな》も、見《み》あげた小学生《しょうがくせい》だな。それにくらべて、うちのへちゃむくれときたら、リボンがないから修行《しゅぎょう》ができないとかって、すぐにサボろうとするんだよ。

魔
魔
魔

ま、たしかに、あれがないと、魔力《まりょく》は少《すこ》し減《へ》るんだけれどさ。」

「あのリボンなら、おっこが大事《だいじ》にしてますよ。忘却魔法《ぼうきゃくまほう》で、チョコちゃんからもらった記憶《きおく》は消《き》えましたけど、なんだか元気《げんき》になるって腕《うで》にまいたりしてますよ。お返《かえ》ししましょうか？　おっこに魔力《まりょく》は関係《かんけい》ないですから、宝《たから》のもちぐされになりますしね。」

その瞬間《しゅんかん》、ギュービッドの手《て》が止《と》まった。

「忘年会《ぼうねんかい》？　昆布巻《こぶま》き女《おんな》にチョコ。でもって、忘却魔法《ぼうきゃくまほう》って……。むむっ！」

「ど、どうしたんですか、ギュービッドさま？　いきなり床《ゆか》にはいつくばったりして。」

「うるさいっ、ちょっと待《ま》ってろ！」

ギュービッドは、コウモリもようのカバーがかかったベッドの下《した》に、腕《うで》をつっこんでいる。やがて、一通《つう》の手紙《てがみ》をひっぱりだすと、鈴鬼《すずき》におしつけた。

「けさ、悪魔情《あくまじょう》っていう魔界《まかい》の情報屋《じょうほうや》が、これをとどけてきたんだ。あ、ちなみに、悪魔《あくま》が名字《みょうじ》で、情《じょう》が名前《なまえ》ね。そこんとこ、よろしく！」

あわてていてもウケねらいの黒魔女《くろまじょ》に、がくっとなりながらも、鈴鬼《すずき》は必死《ひっし》の作《つく》り笑《わら》いをうかべて、手紙《てがみ》を開《ひら》いた。

〈黒魔女《くろまじょ》しつけ協会《きょうかい》より耳《みみ》よりなお知《し》らせ〉

ポイントを集《あつ》めて『魔界《まかい》で一泊忘年会《ぱくぼうねんかい》』をゲットしよう！

インストラクター魔女《まじょ》のみなさま、毎日《まいにち》、修行《しゅぎょう》の指導《しどう》、ごくろうさまです。みなさまの日《ひ》ごろの努力《どりょく》をたたえ、このたび黒魔女《くろまじょ》しつけ協会《きょうかい》では、『魔界《まかい》で一泊忘年会《ぱくぼうねんかい》』がゲットできる、ゲームを企画《きかく》いたしました。

応募方法《おうぼほうほう》はかんたん。うらがわのシールをはがして、ルールをお読《よ》みください。ゲームの進《すす》み方《かた》に応《おう》じて、ポイントをさしあげます。

みごとに最高《さいこう》ポイントを獲得《かくとく》されますと、なんと魔界《まかい》でただひとつの五つ星《ぼし》ホテル『ホテル魔宮《まきゅう》』での、無料宿泊券《むりょうしゅくはくけん》と豪華忘年会利用券《ごうかぼうねんかいりようけん》（しかも最大《さいだい》七名様《めいさま》まで利《り》用可能《ようかのう》）をさしあげます。

年《とし》の暮《く》れにふさわしい、このビッグな企画《きかく》に、ぜひぜひ、ふるってご参加《さんか》ください。

黒魔女《くろまじょ》しつけ協会《きょうかい》

「ホテル魔宮《まきゅう》で一泊忘年会《ぱくぼうねんかい》！　す、すごいじゃないですかっ。」

鈴鬼《すずき》は、興奮《こうふん》して、思《おも》わず声《こえ》をうわずらせた。

「だろだろだろっ。ルールも見《み》てみろ。けっこうかんたんなんだぜ。」

ギュービッドにうながされて、鈴鬼《すずき》が手紙《てがみ》をうらがえしてみると……。


〈ルール〉
・春《はる》の屋旅館《やりょかん》の若《わか》おかみ、関織子《せきおりこ》と、指導中《しどうちゅう》の見習《みなら》い黒魔女《くろまじょ》、黒鳥千代子《くろとりちよこ》が会《あ》ったあとにかけた忘却魔法《ぼうきゃくまほう》を解除《かいじょ》すること。
・解除魔法《かいじょまほう》はもちろん、魔法《まほう》はいっさい使《つか》わないこと。
・二人《ふたり》を再会《さいかい》させ、友情《ゆうじょう》で結《むす》ばれた仲《なか》にしてあげること。
〇一秒《びょう》でも早《はや》く、二人《ふたり》を結《むす》びつければ、ポイントが高《たか》くなります！

最後《さいご》まで読《よ》むと、鈴鬼《すずき》は、ちょっと首《くび》をかしげた。

「あの、これ、インストラクター魔女全員《まじょぜんいん》に送《おく》ってるんですよね。それにしては、なんだか設定《せってい》が、とってもピンポイントな感《かん》じがしませんか？」

「あたりまえだっ。温泉《おんせん》とくりゃピンポンに決《き》まってるだろっ。」

とんちんかんなギューービッドの答《こた》えに、鈴鬼《すずき》は目《め》の前《まえ》が薄暗《うすぐら》くなったものの、温泉《おんせん》でピンポンというライトなことばの響《ひび》きに、思《おも》わず「いいですねっ。」とさけんでいた。

「だろ？　それに、七人《にん》まで参加《さんか》できるってことはさ、うちらは、あたしとチョコと桃花《とうか》の三人参加《にんさんか》だから、おまえも知《し》りあいを三人《にん》、連《つ》れていけるんだぜ。」

「あ、だったら、ウリ坊《ぼう》と美陽《みよ》と、おっこも連《つ》れていきたいですね。ギューービッドさまは、黒魔法《くろまほう》で、時間《じかん》を自由《じゆう》にのばしたり縮《ちぢ》めたりできるんですよね。」

「あたりまえだ。あたしの実力《じつりょく》なら、魔界《まかい》の一泊《ぱく》を、人間《にんげん》の世界《せかい》の五分《ふん》にできるぜ。」

「すばらしい！　それなら、おっこに、豪華《ごうか》ホテルで息《いき》ぬきさせてやれますよ。」

「ようし、話《はなし》は決《き》まった！　じゃあ、さっそくゲーム開始《かいし》だぜ。でさ、昆布巻《こぶま》き女《おんな》とうちのへちゃむくれを再会《さいかい》させる方法《ほうほう》だけど、あたしにいい考《かんが》えがあるんだよ……。」

ギューービッドは、鼻《はな》の穴《あな》をぷかぷかさせながら、鈴鬼《すずき》の小《ちい》さな耳《みみ》に顔《かお》をよせた。

2　元気《げんき》リボンとあやしい電話《でんわ》

春《はる》の屋旅館《やりょかん》では。

おっこは、その日最後《ひさいご》の出立《しゅったつ》のお客様《きゃくさま》を見送《みおく》り、ロビーにもどってきた。

「さあ、さっそくおそうじしないと！」

ろうかをかけだそうとしたおっこに、

「ずいぶんいそがしそうですねえ。」

鈴鬼《すずき》がフロントのカウンターのはしっこから、声《こえ》をかけた。

「年末近《ねんまつちか》くになると、お泊《と》まりのお客様《きゃくさま》だけじゃなくて、ご宴会《えんかい》のご予約《よやく》もふえてくるし。やっぱりお客様《きゃくさま》が多《おお》いのはうれしいわね！　若《わか》おかみとしては、はりきっちゃう！」

さっととりだした黒《くろ》と赤《あか》のリボンで、着物《きもの》のそでをひっかけ、たすきがけしようとしたおっこを、ロビーのソファに寝《ね》ころがっていたウリ坊《ぼう》が止《と》めた。

「おっこ、それ、たすきには短《みじか》いやろ。」

「そうよ。リボンをたすきにするのは、無理《むり》があるわよ。」

おっこの足《あし》もとにいた美陽《みよ》が、なげかわしそうに、たしなめた。

「えへへ、やっぱり、短《みじか》いわよね。でも、このリボンは元気《げんき》リボンなんだもの。」

「元気《げんき》リボン？」

ウリ坊《ぼう》と美陽《みよ》が首《くび》をかしげた。

「どうしてだか、このリボンをつけてると、元気《げんき》がわいてくる気《き》がするの。だからこれをたすきにしたら、おそうじがはかどるんじゃないかなあ、なんて思《おも》って！」

話《はな》しているところに、フロントの電話《でんわ》が鳴《な》った。

おっこは受話器《じゅわき》をとった。すると。

——……スイマセン。トミイです。けさそこ、出発《しゅっぱつ》シマシタ。

聞《き》こえてきた、そのぎこちない日本語《にほんご》に、おっこはすぐに声《こえ》の主《ぬし》を思《おも》いだした。

「ジョーンズ富井様《とみいさま》ですね！　お泊《と》まりいただいて、ありがとうございました。」

おっこは、受話器《じゅわき》を持《も》ちなおすと、海外《かいがい》からのお客様《きゃくさま》に頭《あたま》をさげた。ジョーンズさんはなにかあるたびに「スバラシイ！」を連発《れんぱつ》する感激屋《かんげきや》さんで、とても陽気《ようき》な方《かた》だ。

「なにかお忘《わす》れ物《もの》でも？」

——ハイ、わたし、大事《だいじ》なこと忘《わす》れてマシタ！　タオール、もらうの忘《わす》れてたんです。

「たおーる？」

——体《からだ》ふくやつです。テヌグイ。春《はる》の屋《や》さんのネームが入《はい》ってました。スバラシイ！

「ああ、うちのタオルですね！」

——あれはたいへんスバラシイ！　たくさんほしい。七ツください。

「少々《しょうしょう》お待《ま》ちいただけますか？」

おかみであるおばあちゃんに、電話《でんわ》をかわろうとして気《き》がついた。

（あ、そうだった！　おばあちゃんはさっき、いそぎの用《よう》で旅館協会《りょかんきょうかい》の事務所《じむしょ》に行《い》ったんだったわ。どうしよう……。）

おっこは少《すこ》し考《かんが》えたが、きっとおばあちゃんだったら、よろこんでタオルをおみやげにさしあげるだろうと思《おも》った。

「わかりました。では送《おく》り先《さき》をおしえていただけますか？」

——だめです！　それこまる！　まにあわない！　わたし、トウキョウ駅《えき》向《む》かっていま
す。そのスバラシイタオルをおみやげに持《も》っていきたいとこある。あなた今《いま》からタオル
持《も》ってトウキョウ駅《えき》来《き》てくれませんか？　スイマセンよ！
あわてているせいか日本語《にほんご》の乱《みだ》れがひどくなってきた。
「今《いま》からいそいで行《い》っても、東京駅《とうきょうえき》だったら一時間半《じかんはん》ぐらいかかりますけど……。」
——イイ！　一時間半後《じかんはんご》ＯＫ《オーケー》！　シルバー・リンリンで待《ま》ってまーす！
「シルバー・リンリン？」
『銀《ぎん》の鈴《すず》』のこととちゃうか？　いつも人《ひと》がようけ待《ま》ちあわせしとる場所《ばしょ》や。」
話《はなし》を聞《き》いていたウリ坊《ぼう》が、言《い》った。
——ソレソレ。銀《ぎん》の鈴《すず》！　じゃ一時間半後《じかんはんご》ネ。
ぶつっと通話《つうわ》が切《き》れた。
「……どうしよう。勝手《かって》に約束《やくそく》しちゃった。おばあちゃんにおこられるかなあ。でも、
ジョーンズさんのお願《ねが》いだし……。」
おっこはフロントの時計《とけい》をちらっと見《み》た。

「行《い》くんだったらすぐに出《で》ないとまにあわないわよ。もうすぐバスの来《く》る時間《じかん》だし。」

美陽《みよ》のことばでおっこは決心《けっしん》がついた。

「わかったわ！　美陽《みよ》ちゃん、悪《わる》いけど納戸《なんど》からあたらしいタオルを七本持《ほんも》ってきてくれない？　あたしはエツコさんにこのことを伝《つた》えてくるわ。」

「いいわよ！　おっこはおさいふ忘《わす》れないでね！」

「ケータイも持《も》っていくんやで！　おれはバス停《てい》のほう、見《み》にいくわ！　あのバスときどき早《は》よ来《く》ることあるからな！」

みんながいっせいに散《ち》ったあと、カウンターの奥《おく》から鈴鬼《すずき》がぬっと顔《かお》を出《だ》した。人《ひと》の気《け》配《はい》があたりにないのをたしかめると、鈴鬼《すずき》はケータイで話《はな》しはじめた。

「うまくいきましたよ。ええ、おっこはすぐに東京駅《とうきょうえき》に向《む》かいますから。ぼくの声色《こわいろ》？　ばっちりですよ。ダイジョブデース！　完璧《かんぺき》すぎてこわいぐらいです。まったく疑《うたが》われてませんから。じゃ、そっちのほう、うまくお願《ねが》いしますよ。」

いかにもあやしい話《はなし》をおえると、鈴鬼《すずき》はなにくわぬ顔《かお》でカウンターの上《うえ》にのぼり、

「行《い》ってきまーす！」

大声《おおごえ》でさけびながら玄関《げんかん》を飛《と》びだすおっこを、横目《よこめ》でちろりと見《み》た。

「おっこさん！　タオルが落《お》ちそうですよ！」

鈴鬼《すずき》はおっこを呼《よ》びとめた。

「え？」

おっこが持《も》っていたふくろは小《ちい》さめで、たしかにタオルが飛《と》びだしそうだった。

「リボン！　例《れい》の元気《げんき》リボンでタオルをたばねて結《むす》んでいったらどうですか？」

鈴鬼《すずき》の提案《ていあん》に、おっこは、ああ！　と大《おお》きくうなずいた。

「バスの中《なか》でそうするわ！　ありがとう！」

そう言《い》って手《て》をひとふりすると、おっこは着物《きもの》のすそが乱《みだ》れるのもかまわず、思《おも》いきりバス停《てい》めがけて走《はし》っていった。

「……これでよし。」

鈴鬼《すずき》がにやっと笑顔《えがお》でつぶやいたのは、もちろんだれも知《し》らないことだった。

3　東京《とうきょう》だよ、黒魔女《くろまじょ》さん

あー、やだなぁ。

ゲイジングのなにがいやって、わざわざ人《ひと》ごみの中《なか》を歩《ある》かなくちゃならないこと。

人《ひと》ごみって言《い》ったって、渋谷《しぶや》とか新宿《しんじゅく》にくらべたら、この街《まち》の駅前《えきまえ》の人《ひと》の数《かず》なんて、たいしたことないんだけどね。

でも、めったに都会《とかい》なんて行《い》かない黒鳥千代子《くろとりちよこ》には、年末《ねんまつ》のお買《か》い物客《ものきゃく》でいっぱいの駅《えき》前商店街《まえしょうてんがい》だけで、目《め》がくらみます。しかも、ゴスロリ着《き》て、子《こ》どもだろうが、大人《おとな》だろうが、じっと目《め》を見《み》つめなくちゃいけないなんて……。

みんな、変《へん》なやつって顔《かお》で、あたしをにらみかえすし。

さっきなんか、どこかのおじさんに、にたにた顔《がお》で「おじょうちゃん、かわいいねぇ。」って、見《み》つめかえされちゃって。

鳥肌《とりはだ》がたちました……。

あー、いつまでやれば、ゆるしてもらえるんだろ。

だいたい、この街《まち》には、ギュービッドという、魔界《まかい》でも有名《ゆうめい》な性悪黒魔女《しょうわるくろまじょ》がいるんだよ。

桃花《とうか》ちゃんだって一級黒魔女《きゅうくろまじょ》さんでしょ。それに、あたしたちが、魔界《まかい》と人間界《にんげんかい》をつなぐ門番《もんばん》の華童亜沼《かどうあぬま》さんをやっつけちゃったことだって、魔界《まかい》じゃ大《だい》ニュースになってるらしいじゃない？

そんなところに、わざわざやってくる低級魔物《ていきゅうまもの》なんて、いるわけが……。

ん？　なんか、むこうで人《ひと》がかたまってるね。

輪《わ》の中《なか》には、ひらひらしたあやしい影《かげ》が。あと四日《よっか》でおおみそかという、真冬《まふゆ》に、ランニングシャツに短《たん》パンなんか着《き》ちゃって。

しかも女子《じょし》。男子《だんし》ならいるけど、一年中《いちねんじゅう》、ランニング、短《たん》パン、素足《すあし》ってのが。

うーむ、あやしいよ。もしや、季節感《きせつかん》ゼロの死霊《しりょう》？

「カイラニっていうブランドのタンクトップでぇ。ゴールドのハート形《がた》ボタンが、おとなカワイイでしょぉ。ショートパンツ、ことしのトレンドのハイウエストで、ストラップつき！　あたしぐらいかわいい子《こ》は、これぐらいハデで、ちょうどいいのよねぇ。」

メグ……。

年《とし》の暮《く》れに、駅前商店街《えきまえしょうてんがい》で、足《あし》をむきだしの水玉《みずたま》もようの短《たん》パンで、ファッション自慢《じまん》なんて、見《み》ているこっちがはずかしいよ。

「水玉《みずたま》もよう？　チョコぉ、おばさんくさいよ。ドット柄《がら》って言《い》ってよ。」

はあ、ドット疲《つか》れました……。

「紫苑《しおん》さん、お買《か》い物《もの》のじゃまよ！　『年末《ねんまつ》の街《まち》でファッションショーはやめよう』委員《いいん》会《かい》を作《つく》るための話《はな》しあいをしなくちゃ。一組《くみ》、全員集合《ぜんいんしゅうごう》してください！」

舞《まい》ちゃん、商店街《しょうてんがい》に一組《くみ》の生徒《せいと》を集合《しゅうごう》させるほうが、よっぽどじゃまだと思《おも》うんですけど。

だいたい、一組《くみ》のみんながつごうよくいるわけが……。

「ねえ、ショウくん。百合《ゆり》もメグみたいなかっこしたら、ぐっとくるぅ？」

あ、百合《ゆり》ちゃん。ってことは……。

「かわいいファッションの女《おんな》の子《こ》は、みんな好《す》きだよ。」

出《で》ました！　ショウくんの「みんな好《す》きだよ」発言《はつげん》。この調子《ちょうし》だと、やっぱり……。

「舞《まい》ちゃん、里鳴《りお》、お菓子《かし》食《た》べてから、話《はな》しあいにいくぅ。」

「ねえ、舞《まい》ちゃん、ウサギがついてきちゃったんだけど、どうしよう。」

「ノンノン、マドモアゼル藍川《あいかわ》、それはネザーランド・ドワーフという、あのピーターラビットのモデルにもなった人気《にんき》のウサギです。問題《もんだい》はどこのペットショップから逃《に》げたかですが、この小《ちい》さな灰色《はいいろ》の脳細胞《のうさいぼう》がすぐにつきとめます。爺《じ》っちゃんになりかけて！」

「要《かなめ》くん、そのウサギ、『ペットショップ・レイナ』から逃《に》げたやつだよ。」

わっ、鈴風《すずかぜ》さやかさん、声《こえ》がでっかい！　そして野太《のぶと》いっ。

それにしても、どうして商店街《しょうてんがい》に五年《ねん》一組《くみ》が全員集合《ぜんいんしゅうごう》しているの？　しかも、みんないつもと同《おな》じコスチューム。さやかちゃんも、ちゃんと体育着《たいいくぎ》に、赤《あか》いはちまきで。

死霊《しりょう》のゲイジングなんかより、この一組《くみ》のメンバーのほうが、よっぽどオカルトですっ。

あ、でも、あの連中《れんちゅう》がいないね。おさわがせで、エロくて、バカで……。

は？　今《いま》、ゴスロリのパニエがふわりと浮《う》きあがったような。しかも、ちらりと見《み》えたのはうちわ？　『男《おとこ》なら　たおれるときも　前《まえ》のめり』という毛筆《もうひつ》の字《じ》も……。

「ぐふふふ！」

エロエース！　アスファルトに寝《ね》そべってまで、スカートをあおぎたいのかっ。

「オンナノコをカラカウの、マリア、ユルサナイッ！」

マリア・サンクチュアリちゃん！

お願《ねが》いします、魔界《まかい》の死《し》の国《くに》まで、ふっとばしちゃってくださいっ。

「アチョーッ！」

ざまあみなさいっ。

って、あれ？　マリアちゃんのとびげり、からぶり。

「ド、ドウナッテル？」

「ふんっ、いつもいつも、やられてばかりのやわなエロエースじゃないぜ。」

エロエースっ！　なんと五メートルもむこうの骨董屋《こっとうや》さん『三月《がつ》うさぎの時計店《とけいてん》』の前《まえ》で、へらへらしてる。

「ウデをアゲタナ！　ダケド、コレはドウダッ！　アチョーッ！」

マリアちゃん、こぶしをつきだして、突進《とっしん》。

けど、次《つぎ》の瞬間《しゅんかん》、マリアちゃんの体《からだ》は『三月《がつ》うさぎの時計店《とけいてん》』に、つっこんじゃった。

ど、どこへ行《い》ったの、エロエースは？

「ここだぜ！」

し、しんじられん！　エロエースったら、商店街《しょうてんがい》の街灯《がいとう》のてっぺんにいるよ……。

おまえは、エロ忍者《にんじゃ》かっ。

って、ちょっとまて。これはいくらなんでもおかしいよ。

エロエースは、六年生《ねんせい》をさしおいて、少年野球《しょうねんやきゅう》チームのエースをやるほど、運動神経《うんどうしんけい》がいい。でも、だからって、二階《かい》ぐらいもの高《たか》さまで、ジャンプできるわけないよ。

もしや、これこそ死霊《しりょう》……。ようし、じっと見《み》るんだよっ、ゲイジングだよっ。

じぃー。

あ、目《め》が黄色《きいろ》い。黒《くろ》い髪《かみ》と思《おも》ったのも、銀色《ぎんいろ》に見《み》えてきたし。

勝《か》ちほこったような笑《え》みをたたえた口《くち》からは、「ギヒヒヒ。」って声《こえ》が出《で》そう……。

「ギュービッドさまっ！」

「おおっ、チョコ！　ついに見破《みやぶ》ったか！」

ひらりとジャンプしたエロエース、地面《じめん》におりたときには、ギュービッドに！

「ギュービッドさま、こんな人《ひと》ごみで、変《へん》なことしないでよ。みんなびっくりしてるよ。」

びっくりだけならまだいいよ。ギュービッドの姿《すがた》は、人間《にんげん》には見《み》えないんだよ。ゴスロリ着《き》た女《おんな》の子《こ》が、だれもいないところに向《む》かって、しゃべってるなんて、あたし、この街《まち》に住《す》めないいぐらいの変人《へんじん》あつかいを……。

あれ？　みんな、かたまってる。『三月《がつ》うさぎの時計店《とけいてん》』につっこんだマリアちゃんも、こぶしをつきだしたまま、倉庫《そうこ》にしまったマネキンみたいにひっくりかえってる。

時間停止魔法《じかんていしまほう》？

「そ。まったく、インストラクター魔女《まじょ》もたいへんだぜ。できの悪《わる》いへちゃむくれの弟子《でし》のために、こんなことまでしなくちゃならないんだから。」

ギュービッドったら、かわいた北風《きたかぜ》に、銀色《ぎんいろ》の髪《かみ》をなびかせて、すましてる。

「だけどまあ、ゲイジング修行《しゅぎょう》の第一弾《だいだん》はオッケーって感《かん》じだな。」

第一弾《だいだん》？　ってことは、まさか、第二弾《だいだん》があるとか？

「あたりまえだろ。その次《つぎ》は第三弾《だいだん》で、さらに第四弾《だいだん》になるんだよ。あ、ちなみに、桃花《とうか》がキレると投《な》げるのは、爆弾《ばくだん》だぜ。」

かなり苦《くる》しいオヤジギャグ……。それに爆弾《ばくだん》じゃなくて、ダイナマイトなんですけど。

「うるさいっ！　つべこべ言《い》ってるひまがあったら、東京駅《とうきょうえき》に出《で》かけろ！」

へ？

「へ、じゃないの。ゲイジング修行第二弾《しゅぎょうだいだん》は、もっと人《ひと》の多《おお》いところでやるの。」

だ、だけど、なぜに東京駅《とうきょうえき》？

「だって、歌《うた》にあるだろ。『東京《とうきょう》だヨおっ母《か》さん』って。」

意味不明《いみふめい》……。

「あのなぁ、東京駅《とうきょうえき》には、日本中《にほんじゅう》からいろいろな人《ひと》が集《あつ》まるの。お年寄《としよ》りも多《おお》いの。東京《とうきょう》に住《す》んでる若者《わかもの》が、ふるさとのお母《かあ》さんを呼《よ》んで、東京見物《とうきょうけんぶつ》をさせたりするの。」

それはわかるけど、その歌《うた》がわかりません。

『東京《とうきょう》だヨおっ母《か》さん』って観光《かんこう》するとき、記念写真《きねんしゃしん》をとるだろ。そういうとき、ふらっと死霊《しりょう》が近《ちか》づいて、写真《しゃしん》をとるふりして、相手《あいて》の魂《たましい》をぬいて、人間《にんげん》の体《からだ》をのっとるんだよ。だから、東京駅《とうきょうえき》には死霊《しりょう》がうようよしてるってわけ。わかったか？」

いえ、ぜんぜん。

「んがぁ！　とにかく東京駅《とうきょうえき》に行《い》けばわかるの。だいじなのは東京駅《とうきょうえき》なの。いいから、来《こ》いっ。」

ギュービッドったら、黄色《きいろ》い目《め》をきらりとさせると、あたしの腕《うで》をぐいっとつかんだ。

細《ほそ》くて白《しろ》い指《ゆび》なのに、すごい力《ちから》。あたし、抵抗《ていこう》もできず、ゴスロリ姿《すがた》でずるずる……。

「『♪ここがぁ、ここがぁ、二重橋《にじゅうばし》ぃ～。記念《きねん》の写真《しゃしん》をとりましょうね～』。」

ギュービッドったら、ごきげんで『東京《とうきょう》だヨおっ母《か》さん』とかいう歌《うた》を歌《うた》ってます。

ああ、もうすぐお正月《しょうがつ》だっていうのに、どうしてこんなめに？

4　ひみつの話《はなし》―IN銀《ぎん》の鈴《すず》

「あ、すいません！」

おっこは、肩《かた》をぶつけてしまった背《せ》の高《たか》い男《おとこ》の人《ひと》に、頭《あたま》をさげた。

しかし、なんの返事《へんじ》もないので、よっぽどおこってらっしゃるのかしらと顔《かお》をあげたら、その人《ひと》の姿《すがた》は消《き》えていた。

（まあ、なんて足《あし》の速《はや》い方《かた》なのかしら。）

そう思《おも》っていると、またなにかが、おっこの背中《せなか》にどしんとぶつかった。

ふりかえると、かっぷくのいいおばさんが大《おお》きな旅行《りょこう》かばんをさげていた。ぶつかったのは、おばさんのぱんぱんにふくらんだ、派手《はで》なペイズリー柄《がら》の旅行《りょこう》かばんだった。

「す、すいません。」

さっきから、だれかにぶつかっては頭《あたま》をさげてばかり。

（ふう……。ひさしぶりの東京《とうきょう》だけど、なんだか疲《つか》れるわ。）

おっこはひたいのあせをぬぐいながら、目的《もくてき》の場所《ばしょ》、銀《ぎん》の鈴《すず》をさがした。

東京《とうきょう》に住《す》んでいたときは、おっこにとって東京駅《とうきょうえき》は、大《おお》きな駅《えき》のひとつでしかなかった。でも、花《はな》の湯温泉《ゆおんせん》ののどかさに慣《な》れてしまうと、行《い》きかう人《ひと》の歩《ある》く速《はや》さや、その勢《いきお》いにのれなくて、歩《ある》くのだけでひと苦労《くろう》だ。

しかも、待《ま》ちあわせの銀《ぎん》の鈴《すず》は、その周辺《しゅうへん》がすっかり様変《さまが》わりしていた。まるでデパートのように、キラキラした店《みせ》がずらっとならんで、おしゃれなお菓子《かし》や、おみやげ、お弁《べん》当《とう》などを競《きそ》うように売《う》っている。

「あ、あった！」

おっこは、やっと銀《ぎん》の鈴《すず》を見《み》つけた。

「こ、これが新《あたら》しい銀《ぎん》の鈴《すず》……。」

イルカと波《なみ》のもようの、芸術的《げいじゅつてき》にリニューアルされた銀《ぎん》の鈴《すず》に、おっこは目《め》を丸《まる》くした。

（……前《まえ》の鈴《すず》のほうが、丸《まる》くてかわいらしかったかも。）

花《はな》の湯温泉《ゆおんせん》に引《ひ》っ越《こ》して、まだ半年《はんとし》とちょっとだというのに、おっこはいなかに引《ひ》っこんだ年寄《としよ》りのような気持《きも》ちで、四代目《だいめ》の銀《ぎん》の鈴《すず》をながめた。

「あら？」

おっこは、目《め》をこらして鈴《すず》を見《み》なおした。一瞬《いっしゅん》、鈴《すず》の中《なか》から、ちらっと茶色《ちゃいろ》いものがのぞいたような気《き》がしたのだ。

もっとよく見《み》ようとしたそのとき。

どん！

またまたおっこのおしりに、なにかがぶつかった。

「あ、すいません！」

おっこはあわてて、ぶつかったその相手《あいて》にあやまった。

「つい鈴《すず》に見《み》いっちゃって。ごめんなさい。」

「あ、こちらこそ！　げいじんぐ修行《しゅぎょう》のために、人《ひと》の目《め》に見《み》いっちゃって……。」

意味不明《いみふめい》の説明《せつめい》をしながら、頭《あたま》をさげかえしてくれたその子《こ》を見《み》るなり、おっこは、はっと息《いき》をのんだ。その女《おんな》の子《こ》のかっこうが、あまりにもヘンだったからだ。

（まあ、ばさばさしてて、真《ま》っ黒《くろ》……。これは最新《さいしん》の雨《あま》ガッパかしら。）

それでおっこは、その子《こ》にきいてみた。

「外《そと》は雨《あめ》なのですか？」

すると、その子《こ》は、とまどった顔《かお》をして、

「い、いいえ。しゅ、修行日和《しゅぎょうびより》の快晴《かいせい》です。」

と、またまた意味不明《いみふめい》の返事《へんじ》をした。

（修行《しゅぎょう》……。晴《は》れでもあんなかさばるカッパを着《き》て、耐《た》える修行《しゅぎょう》なのかしら？　そう言《い》えば、びみょうにカラス天狗《てんぐ》の衣装《いしょう》に似《に》ているわ。さすが東京《とうきょう》ね……。よくわからないことを、まじめにいっしょうけんめいしている人《ひと》が、たくさんいるのね。）

おっこは、わからないなりに、うん、うんと答《こた》えて、その女《おんな》の子《こ》にほほえみかけた。

女《おんな》の子《こ》は、どうしていいかわからないような、おどおどした目《め》つきで、おっこを見《み》ていたが、だまって目《め》をそらしてしまった。

（それにしてもジョーンズ様《さま》はまだかしら。）

あたりをきょろきょろ見《み》まわしたが、ジョーンズさんの姿《すがた》は見《み》あたらなかった。

そのとき、どこからともなく、高《たか》い鈴《すず》の音《おと》が聞《き》こえてきた。

「？」

おっこが不思議《ふしぎ》そうな顔《かお》をしていると。

「あ、この鈴《すず》が鳴《な》ってるみたい。何時《なんじ》なのかなぁ。」

女《おんな》の子《こ》が教《おし》えてくれた。

「まあ、そうなんですか。……あら、もうお昼《ひる》だわ。」

おっこは、だんだん不安《ふあん》になってきた。

このままジョーンズさんに会《あ》えなかったらどうしよう？　せっかく春《はる》の屋旅館《やりょかん》のタオルをおみやげにと、あんなに熱心《ねっしん》に言《い》ってくださったのに……。

ちらっと、となりを見《み》ると、女《おんな》の子《こ》も、もじもじと立《た》ちすくんでいた。

（この子《こ》も、待《ま》っている相手《あいて》が来《こ》ないのかしら？）

一方《いっぽう》そのころ。

「うーん、おっこもチョコちゃんも、なかなか、おたがいのことを思《おも》いださないね。よっぽど、忘却魔法《ぼうきゃくまほう》がきいちゃってるんだな。単純《たんじゅん》な人《ひと》ほど、よくかかるからなあ。」

銀《ぎん》の鈴《すず》の中《なか》に陣《じん》どって、幕《まく》の内弁当《うちべんとう》を味《あじ》わいながら、鈴鬼《すずき》はつぶやいた。

「それにしても、この『銀幕《ぎんまく》』はうまいなあ。さすが銀《ぎん》の鈴《すず》にちなんで、銀《ぎん》づくしの食材《しょくざい》で作《つく》られた、こだわりの弁当《べんとう》だよなあ。この銀《ぎん》だらの煮《に》つけの甘辛《あまから》さがなんとも。小海老《こえび》の銀《ぎん》ぷらもけっこう。銀杏《ぎんなん》も粋《いき》だね。それに銀《ぎん》しゃりがふっくらとうまいのが最高《さいこう》……。」

「こら、鈴鬼《すずき》！　おまえ、こんなところで、なにしとるんや！」

ウリ坊《ぼう》が、いきなり鈴鬼《すずき》の背後《はいご》から飛《と》びついてどなった。

「春《はる》の屋《や》にかかってきた電話《でんわ》がなんとなくあやしいと思《おも》っていたのよ！　やっぱり鈴鬼《すずき》くんのしわざだったのね！　えい！」

美陽《みよ》は、鈴鬼《すずき》の弁当《べんとう》を宙《ちゅう》に浮《う》かせると鈴鬼《すずき》をにらみつけた。

「ああ！　ぼくの『銀幕《ぎんまく》』！　かえしてください！」

鈴鬼《すずき》は必死《ひっし》でのびあがって、食《た》べかけの幕《まく》の内弁当《うちべんとう》をとりかえした。

「まだ食《た》べるつもりなの!?」

「あたりまえですよ！　食《た》べ物《もの》を粗末《そまつ》にするとバチがあたります！」

「もう！」

かんしゃくをおこした美陽《みよ》が、こんどは鈴鬼《すずき》がにぎっている箸《はし》をふっとばそうとした。

「やめてください！　銀幕《ぎんまく》についているこの箸《はし》は、世界遺産吉野熊野産《せかいいさんよしのくまのさん》の檜《ひのき》で作《つく》られた特《とく》製《せい》の箸《はし》なんですよ！」

鈴鬼《すずき》は、箸《はし》を抱《だ》きしめてさけんだ。

「おまえな。おっことチョコちゃんをこんなところで引《ひ》きあわせて、いったいどういうたくらみがあるんや。」

ウリ坊《ぼう》が、いきりたつ美陽《みよ》をおしとどめて、たずねた。

「た、たくらみなんかありませんよ。ただ、忘年会《ぼうねんかい》がかかった企画《きかく》があって……。」

「忘年会《ぼうねんかい》？」

鈴鬼《すずき》は腰《こし》巻《ま》きの中《なか》から、一枚《まい》の紙《かみ》をとりだした。

「読《よ》んでいただいたらわかります。黒魔女《くろまじょ》しつけ協会《きょうかい》からのお知《し》らせです。」

「黒魔女《くろまじょ》しつけ協会《きょうかい》？」

けげんな顔《かお》でその手紙《てがみ》を読《よ》んだ二人《ふたり》は、みるみる表情《ひょうじょう》が変《か》わった。

「ホテル魔宮《まきゅう》で一泊《ぱく》？　すごい！　あそこのホテルって、ものすごく豪華《ごうか》なんでしょ!?」

「そやけど、そのためには二人《ふたり》がなかよくならなあかんねんやろ？　なんで、わざわざ、忘却魔法《ぼうきゃくまほう》がかかったままでなかよくさせなあかんねん。」

ウリ坊《ぼう》がもっともな疑問《ぎもん》を発《はっ》した。

「かかった魔法《まほう》の強《つよ》さをたしかめるため、とかか？　それやったらこんなことせんでも、ほかに方法《ほうほう》がありそうやないか。」

「本当《ほんとう》よねえ。」

首《くび》をかしげあう二人《ふたり》に鈴鬼《すずき》が言《い》った。

「黒魔女《くろまじょ》しつけ協会《きょうかい》が考《かんが》えたことですからね。ユーレイや鬼《おに》にはわからない基準《きじゅん》があるんじゃないですか？　まあ、そんなことはいいじゃないですか。二人《ふたり》が早《はや》くおたがいのことを思《おも》いだし、友情《ゆうじょう》がよみがえると、高《たか》いポイントで評価《ひょうか》されて、ここにいるみんなで豪華《ごうか》忘年会《ぼうねんかい》ができるんですよ？　ちっとも悪《わる》だくみなんかじゃないでしょう？」

すました顔《かお》で言《い》いはなつ鈴鬼《すずき》に、ウリ坊《ぼう》はううんと、納得《なっとく》のいかない顔《かお》をした。しかし美陽《みよ》は、胸《むね》の前《まえ》で手《て》を合《あ》わせてさけんだ。

「いいじゃない、ホテル魔宮《まきゅう》で忘年会《ぼうねんかい》よ！　なんとかして二人《ふたり》に記憶《きおく》をとりもどしてもらわないと！　どうしたら、二人《ふたり》はおたがいのことを思《おも》いだすかしら……。なにか、思《おも》い出《で》がよみがえるきっかけになるようなものはないの？」

考《かんが》えていた美陽《みよ》は、顔《かお》をあげると、はっと目《め》を大《おお》きく開《ひら》いた。

「いいこと思《おも》いついたわ！　それよ！」

美陽《みよ》が指《さ》したのは、鈴鬼《すずき》の抱《だ》いた箸《はし》だった。

「これですか？」

鈴鬼《すずき》もウリ坊《ぼう》も、おどろいて顔《かお》を見《み》あわせた。

「ええ、そのお箸《はし》でひらめいたわ。今《いま》から計画《けいかく》を話《はな》すわ。よく聞《き》いてね……。」

美陽《みよ》が声《こえ》をひそめると、残《のこ》りの二人《ふたり》は思《おも》わずひたいをよせた。

「あ！　なーるほど！」

「それはええかもしれんな。」

「でしょ！　だからそこでね……。」

三人《にん》の密談《みつだん》は、銀《ぎん》の鈴《すず》の中《なか》で、熱《あつ》くもりあがったのだった。

5　着物《きもの》を着《き》た死霊《しりょう》を発見《はっけん》!?

「あったまきたぜ！　矢印《やじるし》のとおりに進《すす》んでるのに、どこにもないじゃないかよっ。」

ギューービッドったら、さっきからいらいら。

あたし、東京駅《とうきょうえき》に来《く》るのははじめてだけど、すごい人《ひと》だね。

お正月休《しょうがつやす》みの旅行《りょこう》で、スーツケースをごろごろところがす人《ひと》、大《おお》きなリュックを背負《せお》った子《こ》ども、紙袋《かみぶくろ》におみやげをつめたおじさん、おばさん……。そこに、お仕事《しごと》で移動中《いどうちゅう》のサラリーマンやOL《オーエル》さんがくわわって、ひろーい駅《えき》も、夏休《なつやす》みの遊園地《ゆうえんち》プールみたい。

でも、これだけ人《ひと》がいても『東京《とうきょう》だヨおっ母《か》さん』って感《かん》じの人《ひと》はいないような……。

「チョコ、銀《ぎん》の鈴《すず》ってどこですかって、きいてこいっ。」

え？　銀《ぎん》の鈴《すず》？　ゲイジングの修行《しゅぎょう》って、二重橋《にじゅうばし》でやるんじゃなかったの？

「そんなもん、そのへんにいくらでも、ころがってるじゃないか。」

ころがってる？　橋《はし》が？　ど、どこに？

そしたら、ギューピッドったら、あきれた顔《かお》で、ぐるりとまわりを指《ゆび》さした。

「お弁当《べんとう》の売店《ばいてん》に決《き》まってんだろ。見《み》ろ、あれが有名《ゆうめい》な『江戸《えど》の黒魔女《くろまじょ》いなり』弁当《べんとう》だ。お揚《あ》げにしみこんだ煮汁《にじる》が、この黒革《くろかわ》のコートぐらい真《ま》っ黒《くろ》で、甘辛《あまから》の濃厚《のうこう》な味《あじ》だぞ。そのとなりが『ロー魔《ま》の休日《きゅうじつ》』弁当《べんとう》。コウモリマークのハンカチでつつまれて、ホタテの炊《た》きこみご飯《はん》に、ウニ、鯛《たい》の若狭《わかさ》焼きなどの豪華《ごうか》アイテムがてんこもりだ。」

あのう、なんで駅弁《えきべん》の説明《せつめい》を？　あたしは二重橋《にじゅうばし》のことをきいてる……。

「だからぁ、これだけお弁当屋《べんとうや》さんがあれば、お箸《はし》の二十や三十は軽《かる》いもんだっての。」

あ、なんか、いやな予感《よかん》……。

「あの、ギューピッドさまが言《い》ってる『二重橋《にじゅうばし》』って、ごはんを食《た》べるのに使《つか》う……。」

「あたりまえだろ。ただし、カレーやチャーハンは無理《むり》だぞ。まあ、指《ゆび》のトレーニングをしたいっていうなら、止《と》めやしないけどな。」

「アホ、バカ、マヌケ、おたんこなす、すっとこどっこい、猫《ねこ》かぶり、しったかぶり！」

二重橋《にじゅうばし》っていうのは、皇居《こうきょ》にある、大《おお》きな『橋《はし》』のことなの。ごはんを食《た》べるための

『お箸《はし》』とは、なんの関係《かんけい》もありませんっ。

あれ？　ギューピッドがどこにもいない。また、どこかへ逃《に》げ……。あ……。

あたしのまわり、黒山《くろやま》の人《ひと》だかり。おじさん、おばさん、おにいさん、おねえさん、小《しょう》学生《がくせい》から幼児《ようじ》まで、あらゆる年齢層《ねんれいそう》のみなさま、ぴたっと足《あし》を止《と》めて、不思議《ふしぎ》そうにあたしを見《み》てる。

無理《むり》もないよ。だって、ギューピッドの姿《すがた》はだれにも見《み》えないんだよ。

つまり、あたしは、だあれもいないところに向《む》かって「アホ、バカ、マヌケ、おたんこなす、すっとこどっこい！」って、大声《おおごえ》でさけんでるゴスロリ少女《しょうじょ》……。

はずかしい……。姿《すがた》が見《み》えないギューピッドが逃《に》げだすほどのはずかしさ。

「おねえちゃん、なにやってるんですかっ。」

桃花《とうか》ちゃん！

でも、今日《きょう》は大形《おおがた》くんの妹《いもうと》じゃなくて、一級黒魔女《きゅうくろまじょ》の桃花《とうか》・ブロッサムちゃんのいでたち。ノースリの黒革《くろかわ》のウェアは、ハイネックにバックルつきで、さらにピンクのリボンがクロスしてるの。そして、足《あし》はピンクのオーバーニーソックスに、革《かわ》のブーツ。

これには、東京駅《とうきょうえき》のみなさま、またまたびっくり。

「ひろし。この子《こ》たちは、チンドン屋《や》さんなのかい？」

着物姿《きものすがた》のおばあちゃん、息子《むすこ》さんらしきおじさんに、きいてます……。

「コスプレ仮装大会《かそうたいかい》ってんだよ。これが、東京《とうきょう》だよ、おっかさん！」

わわわっ、カメラを向《む》けてきた。

「桃花《とうか》ちゃん、逃《に》げよっ。」

あたしたち、暮《く》れの東京駅《とうきょうえき》を、必死《ひっし》で走《はし》る、走《はし》る。

人《ひと》ごみがとだえたところで、たちどまった。

「それにしても、桃花《とうか》ちゃん。いったいどうして、ここに？」

「先輩《せんぱい》に呼《よ》びだされたんです。おもしろいことがあるから、すぐ来《こ》いって。」

おもしろいこと？

「おおっ、桃花《とうか》。やっと来《き》たか。って、おまえ、黒魔女《くろまじょ》なのに姿《すがた》が見《み》えてるぞ。」

ギュービッド！　勝手《かって》に逃《に》げだしておいて、落《お》ちつきはらったその態度《たいど》はなにっ？

「すいません。人間界《にんげんかい》に慣《な》れすぎちゃって、ついわすれてました。」

「まあ、いいさ。そんなことより桃花《とうか》、銀《ぎん》の鈴《すず》はどこにあるか、しってるか？」

「銀《ぎん》の鈴《すず》なら、むこうにありますけど。でも先輩《せんぱい》、それがなにか？」

「いや、じつはな……。」

ギューピッドったら、急《きゅう》に桃花《とうか》ちゃんの肩《かた》を抱《だ》いて、ひそひそ話《はな》してる。

あたしにゲイジング修行《しゅぎょう》をさせてるって話《はなし》にしちゃ、やけに長《なが》いんですけど。

「ああっ、それはいいですねっ。」

桃花《とうか》ちゃん、ピンクの目《め》をぴかっとさせてるよ。いったい、なんだろ？

「さあ、おねえちゃん。ここが、銀《ぎん》の鈴《すず》ですよ。」

なんだか、急《きゅう》にはりきりだしちゃった桃花《とうか》ちゃんの指《ゆび》の先《さき》に、大《おお》きな銀色《ぎんいろ》の鈴《すず》があった。そのまわりには、やっぱりたくさんの人《ひと》が集《あつ》まってて。

「いっぱいあやしい人《ひと》がいるでしょう、おねえちゃん？　ゲイジング、ゲイジング！」

はあ？　いや、みなさん、待《ま》ちあわせの人《ひと》を見《み》つけようと、遠《とお》くを見《み》たり、携帯電話《けいたいでんわ》で話《はな》したり、で、あたしにはふつうの旅行者《りょこうしゃ》にしか見《み》えないけど……。

「いいから、しっかりゲイジングしてこいっ！」

わあっ、ギュービッド、つきとばさないでくださいっ。

ほら、だれかにぶつかっちゃったよ……。

「あ、すいません！　つい鈴《すず》に見《み》いっちゃって。ごめんなさい。」

ほへっ？　紺《こん》の着物《きもの》を着《き》た女《おんな》の子《こ》？　うぐいす色《いろ》の帯《おび》をしめてて。それだけじゃない。

たぶん、あたしと同《おな》じぐらいの小学生《しょうがくせい》だよ。それなのに、すごくていねいなことばづかい。

あ、あやまらなくちゃ……。

「あ、こちらこそ！　ゲイジング修行《しゅぎょう》のために、人《ひと》の目《め》に見《み》いっちゃって……。」

あたし、ばかみたい……。ゲイジングだなんて、あやしい子《こ》みたいじゃない。

ほら、あたしのこと、頭《あたま》のてっぺんからつまさきまで、ビミョーな顔《かお》で見《み》てる……。

「外《そと》は雨《あめ》なのですか？」

はあ？　雨《あめ》？　なんでゴスロリを見《み》て、お天気《てんき》のことをきくの？

なんか、あやしい……。かわいい顔《かお》して、もしや死霊《しりょう》？

「い、いいえ。しゅ、修行日和《しゅぎょうびより》の快晴《かいせい》です。」

また変《へん》なこと言《い》っちゃった。この子《こ》が死霊《しりょう》だったら、あたしが黒魔女《くろまじょ》さんだって、バレバレ！

と、そのとき、どこからともなく、高《たか》い鈴《すず》の音《おと》が！

「あ、この鈴《すず》が鳴《な》ってるみたい。何時《なんじ》なのかなぁ。」

われながら、見《み》えすいたごまかし……。

「まあ、そうなんですか。……あら、もうお昼《ひる》だわ。」

着物《きもの》の女《おんな》の子《こ》、なんだかもじもじしてる。

あ、両手《りょうて》で頭《あたま》をおさえてる。見《み》ると、おだんごにしていた髪《かみ》が、ぱらりとほどけてて。

「ああっ、こまったわ……。」

女《おんな》の子《こ》は、そうつぶやくと、いきなりトイレのほうに向《む》かってかけだした。

むむむっ。やっぱりあやしくない？　だって、あたしがゲイジングの修行中《しゅぎょうちゅう》って言《い》ったら、ビミョーな顔《かお》であたしを見《み》つめて、逃《に》げだしたんだよ。

ようし、これはあとを追《お》いかけて、本格的《ほんかくてき》にゲイジングを……。

「チョコ、これを持《も》っていけ！」

ギュービッドが、手首《てくび》にまいていた輪《わ》ゴムを、あたしにわたした。

はあ……。この黒魔女《くろまじょ》、いつもいつもおばさんくさいことを……。

「これだから低級黒魔女《ていきゅうくろまじょ》はこまる。いいか、これこそインストラクター魔女《まじょ》の親心《おやごころ》なの。

あの昆布巻き女《こぶまきおんな》が強力《きょうりょく》な死霊《しりょう》だったら、その輪《わ》ゴムが威力《いりょく》を発揮《はっき》するんだよ。」

昆布巻き女《こぶまきおんな》？　あ、着物《きもの》を着《き》ているのが、昆布巻《こぶま》きみたいだからか。

でも、その昆布巻き女《こぶまきおんな》って言《い》い方《かた》、なんか前《まえ》にも聞《き》いたことがあるような……。

「昆布巻き女《こぶまきおんな》の髪《かみ》の毛《け》一本《ぽん》でいいから、ひっこぬいて輪《わ》ゴムでまけ。そして『ルキウゲ・ルキウゲ・タイトゥムス』って唱《とな》えれば、その昆布巻き女《こぶまきおんな》は身動《みうご》きがとれなくなる。」

ギュービッドったら、『昆布巻き女《こぶまきおんな》』ってところ、やけに強調《きょうちょう》するね。

はいはい、わかりました。感染魔法《かんせんまほう》をかけろっていうのね。服《ふく》や髪《かみ》や爪《つめ》とか、身《み》につけていたものや体《からだ》の一部《いちぶ》に魔法《まほう》をかけると、相手《あいて》をコントロールできるってやつね。

でも、あたしに、感染魔法《かんせんまほう》なんか、できるの？

そうしたら、桃花《とうか》ちゃんが、ポケットから、細長《ほそなが》い棒《ぼう》みたいなのをとりだした。

それ、なぁに？　黒《くろ》いし、先《さき》が細《ほそ》いし、虹色《にじいろ》の貝《かい》のかけらが、蝶《ちょう》の形《かたち》にうめこまれていて、なんかお高《たか》いお箸《はし》みたいな感《かん》じだけど。

「魔法《まほう》のつえです。蝶《ちょう》は、伝説《でんせつ》の魔《ま》アイテム『蝴蝶夢《こちょうむ》』をデザインしたもので、蝴蝶夢《こちょうむ》ほど魔力《まりょく》はありませんが、感染魔法《かんせんまほう》をかけられるぐらいの魔力《まりょく》はあります。」

へーへーへー。それはすごいよ。

でも、待《ま》って。これも、なんかどこかで見《み》たような気《き》が……。

「おっ、そうか？　さあ、どこで見《み》たかなぁ。なにかに使《つか》ったんじゃないかなぁ？」

なによ。ギューピッドったら、黄色《きいろ》い目《め》をぴかぴかさせちゃって。

「先輩《せんぱい》っ。ここで思《おも》いださせても、意味《いみ》ないんですよっ。」

「あ、そうか。そうだったな。あたしとしたことが、ギヒヒヒヒ。」

は？　な、なんなの、二人《ふたり》とも。

「とにかく、早《はや》くあの女《おんな》の子《こ》を追《お》いかけてください。死霊《しりょう》だったら、たいへんです。」

うん、わかった。ようし、行《い》ってくるよっ。

あたしは、おばさんくさく輪《わ》ゴムを手首《てくび》にまいて、魔法《まほう》のつえをポケットに入《い》れると、トイレに飛《と》びこんだ。そしたら、着物《きもの》の女《おんな》の子《こ》、入《い》り口近《ぐちちか》くの洗面台《せんめんだい》の前《まえ》に立《た》ってた。

「ああっ、輪《わ》ゴムを持《も》ってくればよかったんだけど……。」

輪《わ》ゴムですって？　やっぱり、この子《こ》は死霊《しりょう》にのっとられてるのよ。だから、輪《わ》ゴムであたしに感染魔法《かんせんまほう》を……。

ようし！　やられる前《まえ》にこっちが先《さき》にやってやるよっ。

あたしは手首《てくび》から輪《わ》ゴムをとると、洗面台《せんめんだい》に落《お》ちた女《おんな》の子《こ》の髪《かみ》の毛《け》をそっとひろった。

「そうだわ、この元気《げんき》リボンで髪《かみ》を結《むす》べばいいかも。」

女《おんな》の子《こ》は、荷物《にもつ》をたばねたリボンを、いっしょうけんめいにほどいてる。あたしがうしろから近《ちか》づいたことにも、髪《かみ》の毛《け》をひろったことにも、ぜんぜん気《き》がついてないみたい。

さあ、輪《わ》ゴムに髪《かみ》の毛《け》をとおして、それから、魔法《まほう》のつえをふりあげて、呪文《じゅもん》を……。

「ああっ！」

とつぜん、女《おんな》の子《こ》の大声《おおごえ》が響《ひび》きわたった。

顔《かお》をあげると、女《おんな》の子《こ》が目《め》をまんまるにして、鏡《かがみ》にうつったあたしを見《み》つめてる。

やばい！　見《み》つかっちゃった！

女《おんな》の子《こ》は、くるりとふりかえると、あたしに向《む》かってゆっくりと近《ちか》づいてくる。

ど、どうしよう……。

女《おんな》の子《こ》の指《ゆび》からは、長《なが》いリボンがだらりとたれさがってて。

やっぱり、あのリボンで、あたしをしめつけようと……。

ん？　そのリボン、黒《くろ》と赤《あか》……。どっかで見《み》たような……。

「そ、そのお箸《はし》！」

「そ、そのリボン！」

「春《はる》の屋《や》の若狭塗《わかさぬり》のお箸《はし》！」

「あたしのゴスロリのリボン！」

「え？」

「え？」

あたしと女《おんな》の子《こ》、思《おも》わず、おたがいの顔《かお》をじぃーっ。

「あ、あの、どこかでお会《あ》いしましたでしょうか。」

「さ、さあ……。でも、そのリボン……。」

「ですよね。あなたのその雨《あま》ガッパに、色《いろ》がぴったりでいらっしゃるし。」

ゴスロリを雨《あま》ガッパ？　って、その言《い》い方《かた》に、頭《あたま》の奥《おく》で、なにかがきらっと……。

「そうそう、雨《あま》ガッパじゃなくて、ガスロリっていうんですね。ごめんなさい。」

ガスロリぃ？　頭《あたま》の中《なか》の『きらっ』が、『ぎらっ』になったよ！

「あ、あの、すいませんが、お名前《なまえ》は……。」

身《み》をのりだすあたしに、着物《きもの》の女《おんな》の子《こ》、急《きゅう》にいずまいをただしちゃって。

「これは失礼《しつれい》いたしました。花《はな》の湯温泉《ゆおんせん》の春《はる》の屋旅館《やりょかん》で、若《わか》おかみをしております、関織《せきおり》子《こ》と申《もう》します。」

温泉《おんせん》！　春《はる》の屋旅館《やりょかん》！　若《わか》おかみ！

思《おも》いだしたっ。

冬休《ふゆやす》みの宿題《しゅくだい》で、グループごとに社会科見学《しゃかいかけんがく》をすることになったのよ。で、メグやエロエースたちと、見学先《けんがくさき》を話《はな》しあってたら、ギュービッドに強引《ごういん》にゴスロリに着《き》がえさせられて、きれいな旅館《りょかん》の写真《しゃしん》の前《まえ》で『画面《がめん》に入《はい》れる魔法《まほう》』をかけさせられて……。

その旅館《りょかん》が、春《はる》の屋旅館《やりょかん》。ってことは……。

「おっこちゃん！」

「チョコちゃん！」

6　豪華《ごうか》ツアーのはじまり!?

「おっこちゃん！」

チョコちゃんが、大《おお》きく目《め》を見開《みひら》いてさけんだ。

「チョコちゃん！」

おっこも、びっくりして、大《おお》きな声《こえ》を出《だ》した。

「おっこちゃん！　ひさしぶり！」

「また会《あ》えたのね！」

二人《ふたり》は、わあっと歓声《かんせい》をあげて、おたがいの手《て》をにぎりあった。

「本当《ほんとう》にひさしぶり……。ずいぶん会《あ》ってない……あら？」

言《い》いかけて、おっこは、首《くび》をかしげた。

「チョコちゃんたちが春《はる》の屋《や》に来《き》てくれたのって、あれ？　二、三日前《にちまえ》？」

「あれ？　本当《ほんとう》だ、どうして、長《なが》く会《あ》ってないなんて思《おも》ったのかな。顔《かお》を見《み》てもなかなか思《おも》いだせなかったし。」

「あたしも。このお箸《はし》を見《み》た瞬間《しゅんかん》にいろんなことが、ぱあっと思《おも》いだされて……。」

「あたしもだよ。そのリボンを見《み》たら、いっしょに遊《あそ》んだこととか……、あ！」

チョコちゃんが、なにか思《おも》いあたったような顔《かお》をした。

「忘却魔法《ぼうきゃくまほう》が解《と》けてる！」

「ぼ、亡客魔法《ぼうきゃくまほう》？　チョコちゃん、魔法《まほう》の修行《しゅぎょう》で、そんな、亡《な》くなったお客様《きゃくさま》まで連《つ》れてきてくれるような技《わざ》まで身《み》につけたの？」

おっこが、おどろいてそうたずねると、チョコちゃんが首《くび》をかしげた。

「忘却魔法《ぼうきゃくまほう》ってそういう意味《いみ》じゃないよ。」

「でも、そんな魔法《まほう》があったら便利《べんり》ねえ。春《はる》の屋旅館《やりょかん》にどんどんお客様《きゃくさま》が……、あ、でも亡《な》くなったお客様《きゃくさま》にはどんなサービスをしたらいいか、むずかしいかしら。」

「おっこちゃんだったら、だいじょうぶじゃない？」

二人《ふたり》の会話《かいわ》がはずみはじめたとき。

「やめろ！　ああっ！　おまえらの会話《かいわ》は本当《ほんとう》にいらいらするっ！」

大《おお》きな声《こえ》が天井《てんじょう》から響《ひび》いてきた。

「そうよ！　おねえちゃんも、意味《いみ》わかんない話《はなし》にのらないでくださいっ。」

つづいて女《おんな》の子《こ》の声《こえ》がした。

声《こえ》のしたほうを見《み》あげると、黒《くろ》いマントに黄色《きいろ》い瞳《ひとみ》の見《み》るからにあやしい人物《じんぶつ》と、ぴったりした服《ふく》の上《うえ》からピンクのひもで体《からだ》をしばった、ピンクの瞳《ひとみ》の、見《み》るからにふつうでない女《おんな》の子《こ》が、トイレの天井《てんじょう》から、ばさっとおりてきた。

「忘却《ぼうきゃく》って言《い》えば、ふつう、忘《わす》れさるほうのボーキャクだろ！　おまえも人間《にんげん》のくせに、人間《にんげん》らしくない連想《れんそう》をするんじゃないっ!!」

「先輩《せんぱい》の言《い》うとおりです！　おねえちゃんと友《とも》だちになるだけあって、この人《ひと》もそうとう人間《にんげん》ばなれしてますね！」

いきなりあらわれて、好《す》き勝手《かって》言《い》う二人連《ふたりづ》れを、おっこは目《め》をぱちぱちさせて見《み》つめた。おっこを前《まえ》から知《し》っているような口《くち》ぶりなのだが、どうしても思《おも》いだせないのだ。

「ギューピッドさま！　それに桃花《とうか》ちゃんも！　どうして!?」

チョコちゃんが、びっくりした顔《かお》でそう言《い》ったので、おっこはたずねた。

「まあ、チョコちゃんのお知《し》りあいなの？」

「あたしの魔《ま》法修行《ほうしゅぎょう》のインストラクター。初段黒魔女《しょだんくろまじょ》のギューピッドさま。それと一級黒《きゅうくろ》魔女《まじょ》の桃花《とうか》ちゃん。この子《こ》も黒魔女《くろまじょ》で……。」

「まあ、お二人《ふたり》とも魔女《まじょ》さんでしたの！　それでカラス天狗《てんぐ》のようなかっこうを。では、こちらのおじょうさんのお洋服《ようふく》は、チョコちゃんと同《おな》じで、ええっとがすろり……。」

「がすろりじゃなくてゴスロリです！　おっくれてるぅ！」

「ギューピッドさまも桃花《とうか》ちゃんも、おこらないでやってくださいよ。おっこさんは、現《げん》代《だい》の子《こ》どもばなれした勤労生活《きんろうせいかつ》をしていて、頭《あたま》の中《なか》は春《はる》の屋旅館《やりょかん》のことでいっぱい。流行《りゅうこう》にはまるきりうといんですから。」

鈴鬼《すずき》がギューピッドの黒《くろ》マントのかげからあらわれて、そう言《い》った。

「そうやぞ！　それに、死《し》んだやつでも客《きゃく》で来《き》たら、笑顔《えがお》でもてなそうというのは、若《わか》おかみらしい、りっぱな心《こころ》がけやないか！」

ウリ坊《ぼう》がぼわんと洗面台《せんめんだい》にあぐらをかいてあらわれた。

「ウリ坊《ぼう》の言《い》うとおりよ！　黒魔女《くろまじょ》チームは、おっこにたいして言《い》いすぎよ！」

美陽《みよ》も、鏡《かがみ》の前《まえ》にあらわれた。

「鈴鬼《すずき》くん！　ウリ坊《ぼう》、美陽《みよ》ちゃんまで！」

おっこはすっかりおどろいてしまった。

すると、こんどはチョコちゃんも、どきっとした顔《かお》でおっこにきいた。

「い、今聞《いまき》こえた声《こえ》は、春《はる》の屋旅館《やりょかん》にいたユーレイさんたちなの？」

「ええ。でも、どうしてみんながここに？」

「それはあたしもききたいよ。それに、どうして、鈴鬼《すずき》さんやユーレイさんと、ギューピッドさまや桃花《とうか》ちゃんが知《し》りあいなの？」

チョコちゃんがきいたときだった。

——おめでとうございまーす！

どこかから、みょうにさわやかな声《こえ》とともに、祝福《しゅくふく》のベルの音《おと》が響《ひび》いてきた。

「おお！　悪魔情《あくまじょう》！」

ギューピッドがうれしそうに天井《てんじょう》を見《み》あげた。

――お二人《ふたり》がみごと、魔法《まほう》をいっさい使《つか》わず、おたがいの友情《ゆうじょう》を思《おも》いだしました！　友《ゆう》情《じょう》のあかしであるリボンとお箸《はし》を使《つか》ったことは、かなりのポイント獲得《かくとく》につながりました！　ゲームクリア！　そこんとこ、よろしく！

「やった！　みごとに作戦《さくせん》があたったな！」

「やりましたね！　これでみんなで宴会《えんかい》ですよ！　いやあ、二人《ふたり》をトイレで会《あ》わせる作《さく》戦《せん》、じつにうまくいったなあ！」

ギュービッドと鈴鬼《すずき》がおどりあがってよろこんだ。

「若狭塗《わかさぬり》のお箸《はし》を見《み》せたらどうかってアイデアを思《おも》いついたのは、正解《せいかい》だったでしょ？　おっこの髪《かみ》のゴムを切《き》ったあのタイミングのよさ！　ああ、うまくいった！」

美陽《みよ》が、得意《とくい》げに胸《むね》をそらした。

「おっこ！　よかったな！　これで仕事《しごと》を休《やす》んで、豪華《ごうか》ホテルで遊《あそ》べるで！」

ウリ坊《ぼう》は、おっこに笑《わら》って言《い》った。

「いったいなんのこと？　宴会《えんかい》？　豪華《ごうか》ホテル？」

「ギュービッドさま、ゲームクリアって？　作戦《さくせん》って？」

わけのわからないようすの二人《ふたり》に、ギュービッドは、めんどうくさそうに答《こた》えた。

「まあ、細《こま》かいことはいいじゃないか。とにかく、おまえらが友《とも》だちだったことを早《はや》く思《おも》いだせば、魔界一《まかいいち》の『ホテル魔宮《まきゅう》』で、一泊忘年会《ぱくぼうねんかい》が無料《むりょう》でできるってことなんだよ。」

「まあ、魔界一《まかいいち》のホテルに連《つ》れていっていただけるんですか？　それは行《い》きたいわ！　どんなサービスをしているのかしら！　お料理《りょうり》は？　お部屋《へや》は？」

おっこが目《め》を輝《かがや》かせて、髪《かみ》をきゅっとまとめなおした。

「おっこちゃん、その反応《はんのう》、ちょっとちがう気《き》がするけど……。あたしたち、ゲームに使《つか》われてたんだよ！　みんな、ぐるになってひどいよ！」

チョコちゃんが抗議《こうぎ》したが、

「じゃおまえだけ、ホテル魔宮《まきゅう》、行《い》くのよすか？　無料宿泊券《むりょうしゅくはくけん》と豪華忘年会利用券《ごうかぼうねんかいりようけん》もついてるんだぞ。」

「そ、それは……。」

チョコちゃんが、ことばをにごした。

——じゃあ、行《い》きますよ！　七名様《めいさま》、全員《ぜんいん》そろってますね。

悪魔情《あくまじょう》のことばに、はーい、と全員《ぜんいん》が手《て》をあげて返事《へんじ》した。

掃除用具入《そうじようぐい》れのドアがゆっくり開《ひら》いた。中《なか》にはポリバケツだの、モップだの、掃除用具《そうじようぐ》が置《お》いてある。ごくあたりまえの掃除用具入《そうじようぐい》れだ。

――じゃ、中《なか》に入《はい》ってくださーい！

「ええ？　こんなせまいところに？」

「すいません。あの、右足《みぎあし》が残《のこ》ってるので、もっとつめてください。」

「うわ！　バケツに足《あし》が入《はい》った！」

大《おお》さわぎしながら、なんとか全員《ぜんいん》、中《なか》に入《はい》ると、ゆっくりとドアがしまった。

――出発《しゅっぱつ》しまーす。

バタン！　音《おと》がしてしまったかと思《おも》うと、すぐにドアが開《ひら》いた。

「おっこ！　おっこ！」

ウリ坊《ぼう》の声《こえ》で、おっこははっと顔《かお》をあげた。

開《ひら》いたドアのむこうは、ぼうっと黄色《きいろ》い明《あ》かりのともった、どこかの部屋《へや》だった。

「ここは？」

「ホテル魔宮《まきゅう》にようこそ！　黒魔女《くろまじょ》・春《はる》の屋旅館《やりょかん》御一行様《ごいっこうさま》！」

「おお、悪魔情《あくまじょう》！　案内《あんない》をよろしくたのむぞ！」

ギューピッドが、あらわれた悪魔情《あくまじょう》に声《こえ》をかけた。

「ここがホテル魔宮《まきゅう》なのね！　おねえちゃんたち！　なにをぐずぐずしてるんですかっ。早《はや》く出《で》てください！」

みなに背中《せなか》を押《お》されて、おっことチョコちゃんは掃除用具入《そうじようぐい》れの外《そと》に出《で》た。

「うわあ……。」

がらんとした、舞踏会《ぶとうかい》でもできそうな、広《ひろ》いホールだった。

高《たか》い天井《てんじょう》には、子《こ》ども用《よう》のプールぐらいある大《おお》きなシャンデリアが、いくつもぶらさがっている。壁紙《かべがみ》は金《きん》に輝《かがや》いているし、太《ふと》い円柱《えんちゅう》には、エキゾチックなもようがモザイクで描《えが》かれている。

全員《ぜんいん》が、その華麗《かれい》さに見《み》とれた。

「見《み》て！　ウリ坊《ぼう》、美陽《みよ》ちゃん！　なんてきれいなのかしら！」

「本当《ほんとう》だわ！　紫野原《しのはら》さんのお屋敷《やしき》よりも、もっと豪華《ごうか》だわ！　あ！　いたたた！」

つまずいて床《ゆか》に手《て》をついた美陽《みよ》が悲鳴《ひめい》をあげた。

「あほやな。よそ見《み》するからこけるんや……って、おまえ、ユーレイが転《ころ》んで痛《いた》いはずがないやろ？　……あれえ！」

ウリ坊《ぼう》が、自分《じぶん》の手足《てあし》を見《み》て、ぎょうてんした。

「おれ、かたいわ！　体《からだ》がある！　透《す》けてないし！」

「ウリ坊《ぼう》も？　わたしも実体化《じったいか》してるのよ！」

美陽《みよ》が、床《ゆか》にすわって、ひざをさすりながら言《い》った。

「魔界《まかい》ですから、ユーレイも実体化《じったいか》するんですよ。よかったですね！　宴会《えんかい》の料理《りょうり》を思《おも》いきり味《あじ》わえますね！」

鈴鬼《すずき》が言《い》った。

「あ、そうか！　わたしもウリ坊《ぼう》も、おいしいものを食《た》べるのひさしぶりよ！　うわあ！　ひざが痛《いた》いのはいやだけど、それはうれしいわ！」

「ほんまやな！　うわ、体《からだ》、重《おも》い！　そやけど……、うんうん、生《い》きてるときって、こんなんやったなあ。」

チョコちゃんが、美陽《みよ》とウリ坊《ぼう》を前《まえ》に、目《め》を見《み》はって立《た》ちすくんでいるのに、おっこはようやく気《き》がついた。

「チョコちゃん、ひょっとして、ウリ坊《ぼう》と美陽《みよ》ちゃんが見《み》えるの？」

「え、ええ。この子《こ》たちが、いつもおっこちゃんのそばにいるユーレイさんたち？」

「そうなのよ！　でもどうして、チョコちゃんが急《きゅう》にウリ坊《ぼう》たちの姿《すがた》が見《み》えるようになったのかしら？」

「さっきも言《い》いましたけど、魔界《まかい》に来《き》て、実体化《じったいか》したからでしょうね！」

鈴鬼《すずき》が、どうでもいいという感《かん》じをかくさず、そう言《い》った。

「よ、よろしくね。あなたたちがウリ坊《ぼう》さんと美陽《みよ》ちゃん？」

「おお！　そっちからしたらはじめましてやな！　よろしゅうたのむわ。」「よろしく！」

チョコちゃんと、ウリ坊《ぼう》、美陽《みよ》が握手《あくしゅ》しあっていると。

「いやー、すごい部屋《へや》だな！　さすがホテル魔宮《まきゅう》のロビー。豪華《ごうか》なもんだぜ。」

ギューピッドが話《はなし》にわりこんできた。

「ギューピッドさまぁ、ここ、ロビーなの？」

チョコちゃんがきいた。

「ここはホテル魔宮《まきゅう》だぜ。これぐらいの広《ひろ》さのロビーがあっておかしくないの。おまえは低級《ていきゅう》なうえに、根《ね》が庶民《しょみん》だからな。こういうところの常識《じょうしき》がわからないんだよ。」

ギューピッドが、自分《じぶん》が経営者《けいえいしゃ》のように得意《とくい》げに言《い》った。

「でも先輩《せんぱい》、ロビーだったら、どうしてあんなにいっぱい個室《こしつ》があるんですか？」

桃花《とうか》ちゃんに言《い》われて、チョコちゃんも春《はる》の屋旅館《やりょかん》チームもそれに気《き》がついた。

壁一面《かべいちめん》に、いくつもドアがならんでいる。

それに反対側《はんたいがわ》の壁《かべ》には、鏡《かがみ》と洗面台《せんめんだい》が、これまたたくさんならんでいる。

「こっちのほう……、パウダールームになってるけど。」

美陽《みよ》が言《い》う方向《ほうこう》には、ついたてのむこうに、たくさんライトのついたりっぱな鏡台《きょうだい》があった。香水《こうすい》びんや、ブラシなど、華麗《かれい》な化粧道具《けしょうどうぐ》が、鏡《かがみ》の前《まえ》に置《お》いてある。

「本当《ほんとう》だわ。お化粧直《けしょうなお》しのコーナーね。でもパウダールームや、洗面台《せんめんだい》や、ドアのいっぱいならんでいるロビーなんて、あるのかしら？」

おっこが、首《くび》をかしげた。

「本当《ほんとう》ですね。まるでこれじゃあ、大《おお》きな女子《じょし》トイレですよね！」

あははは、と鈴鬼《すずき》が笑《わら》って言《い》った。

「……って、まさか？」

「まさか……。」

チョコちゃんとおっこは、ならんだドアのひとつに、そーっと手《て》をかけた。

バラの花《はな》の形《かたち》の、金色《きんいろ》のドアノブをまわすと、ドアが開《ひら》いた。

中《なか》を見《み》るなり、二人《ふたり》は息《いき》をのんだ。

「こ、ここは！」

「本当《ほんとう》に女子《じょし》トイレだわ！」

7 「ホテル魔宮《まきゅう》」で忘年会《ぼうねんかい》？

これが、おトイレですって！　す、すごすぎます。

だって、おトイレだけで、あたしのお家《うち》の五倍《ばい》ぐらいの広《ひろ》さがあるんだよっ。

「おねえちゃん、おどろくポイントがずれてますっ。」

桃花《とうか》ちゃん、ピンクの目《め》をぴかぴかさせてるけど、どこがずれてるの？

「なんで、あたしたちが、女子《じょし》トイレに入《はい》っちゃったか、それが問題《もんだい》じゃないですか。」

「いや、それはそうでもないやろ。」

ウリ坊《ぼう》さんっていうユーレイさんが、桃花《とうか》ちゃんをたしなめてる。

「どこから入《はい》ろうが、超高級《ちょうこうきゅう》ホテルについたのはたしかなんやから。」

「そうですかぁ？　あたしには、なんかいやな予感《よかん》がするんですけど。」

桃花《とうか》ちゃん、むっとしながら、あたしの耳《みみ》に口《くち》をよせた。

「なんなんですか、あの子《こ》。出《で》っ歯《ぱ》で、色黒《いろぐろ》のエロエースみたい。むかつきません？」

わわわ、落《お》ちついて、桃花《とうか》ちゃん。ウリ坊《ぼう》さんが、桃花《とうか》ちゃんのタイプじゃないのはわかるけど、ここでぶちきれられて、ダイナマイトなんか、投《な》げられたらこまります……。

「それにしても豪華《ごうか》ですねえ。」

鈴鬼《すずき》くん、女子《じょし》トイレがめずらしくてたまらないみたい。ちびっこ鬼《おに》とはいえ、いちおうは男《おとこ》の子《こ》なんだろうから、とうぜんですけど。

ん？　でも、鈴鬼《すずき》くんが見《み》つめてるのは、香水《こうすい》のびんだね。それも真《ま》っ黒《くろ》。

「『ポワゾン』っていう有名《ゆうめい》な香水《こうすい》です。『ポワゾン』とは、わかりやすく言《い》えば……。」

鈴鬼《すずき》くんは、小《ちい》さな指《ゆび》の先《さき》に、水《みず》を少《すこ》しつけると、大理石《だいりせき》の洗面台《せんめんだい》をなぞった。

〈毒《どく》〉

香水《こうすい》の名前《なまえ》が『毒《どく》』！　さすが魔界《まかい》。オカルトマニアの心《こころ》を「わしづかみ」ですっ。

と、よろこんでたら、とつぜん黒《くろ》い香水《こうすい》のびんが、かたかた、ゆれはじめた。

〈わたしをおかけ！　わたしをおかけ！〉

びんがしゃべったよ！　さすが魔界《まかい》。低級黒魔女《ていきゅうくろまじょ》さんの心《こころ》も「わしづかみ」ですっ。

「きゃっ！　す、すごいにおいね。けほっ！」

おっこちゃん、せきこんでる。なんと、香水《こうすい》がかってに飛《と》びだしたんだよ。

〈なんということを！　わたしは、ジャスミンとカラブリアン・ベルガモットの芳香《ほうこう》に、白《しろ》い花々《はなばな》、とくにオレンジ・ブロッサムの香《かお》りをブレンドした最高級《さいこうきゅう》の……。〉

自分《じぶん》で自分《じぶん》を説明《せつめい》する香水《こうすい》のびんの前《まえ》に、いきなりギュービッドが飛《と》びだしてきた。

「あたしにもかけてくれぇ！　黒魔女《くろまじょ》じゃなくて、いちご魔女《まじょ》になるぜっ。」

は？　いちご？

「だって、『ポワゾン』って『苺《いちご》』って意味《いみ》なんだろ。」

ギュービッドが、鈴鬼《すずき》くんが水《みず》をつけて書《か》いた

字《じ》を、指《ゆび》さしてるけど……。

あ、『毒《どく》』と『苺《いちご》』っていう漢字《かんじ》、まちがえてる？　ぜんぜんちがうんですけどっ。

じゃあなに？　あたしが大好《だいす》きな『苺《いちご》ミルク』は、『毒《どく》ミルク』かいっ。

「興奮《こうふん》しないでください。たしかに漢字《かんじ》が似《に》ているから、しかたがないじゃ……。

わっ！」

あたしをたしなめた桃花《とうか》ちゃん、どすんと、だれかにぶつかられて、しりもち。

「どけどけぃ！　毒魔女《どくまじょ》さんが通《とお》る～！」

香水《こうすい》のびんに『ポワゾン』をかけてもらったギュービッド、へらへらしながらトイレの出口《でぐち》へ。

とことん、バカです、この黒魔女《くろまじょ》。

「さあ、みんな、セレブな毒魔女《どくまじょ》ギュービッドにつづけ……。」

ギュービッドがドアをあけたとたん。

「それはだめぇ！　そこんとこ、よろしく！」

わっ、またまた悪魔情《あくまじょう》さんっ。

「なんでだめなんや？　出《で》たらあかんのか？」

香水《こうすい》のにおいに、鼻《はな》をつまみながら、ユーレイのウリ坊《ぼう》さんが、顔《かお》をつきだした。

「はい、みなさんがここから出《で》るには、ポイントがたりません。」

すると、鈴鬼《すずき》くんが飛《と》びだしてきた。

「そんなバカな！　ルールに書《か》いてあったとおり、おっこさんとチョコちゃんを引《ひ》きあわせたんですよ。最高《さいこう》ポイント獲得《かくとく》で、無料宿泊券《むりょうしゅくはくけん》がもらえるはずでしょう？」

その瞬間《しゅんかん》、悪魔情《あくまじょう》さんの顔《かお》が、さっと青《あお》ざめちゃって。どうしたの？

「ま、まずい！　ルールの紙《かみ》、もう一枚《まい》あったのをわたしそびれてた……。」

「なんですって！」

ユーレイの美陽《みよ》さん、きりきりっと目《め》をつりあげてる。

「いや、その、えーっと、ルールのつづきはこうなってまして……。」

悪魔情《あくまじょう》さん、あとずさりしながら、ポケットから紙《かみ》をとりだすと、あたしたちに広《ひろ》げてみせた。

〈ルール　二枚目《まいめ》〉
○ポイントは、二人《ふたり》を再会《さいかい》させた場所《ばしょ》によって、変《か》わります。
・銀《ぎん》の鈴《すず》の下《した》　千点《てん》（満点《まんてん》）
・銀幕弁当《ぎんまくべんとう》のお店《みせ》の前《まえ》　八百点《てん》
・トイレの中《なか》　百点《てん》

「……無料《むりょう》一泊忘年会《ぱくぼうねんかい》は千点《てん》の場合《ばあい》。百点《てん》の方々《かたがた》は、このトイレを十五分間《ふんかん》、お楽《たの》しみいただけることになっております。そこんとこ、よろしく……。」

「いいや、ぜんぜん、よろしくないねぇ。」

ギュービッド、悪魔情《あくまじょう》さんの首《くび》をつかむと、鼻《はな》がくっつきそうなぐらい顔《かお》を近《ちか》づけた。

「あたしたちがトイレから出《で》られないのは、ポイントが百点《てん》しかないからだよな。」

「……は、はい。そうですけど……。」

悪魔情《あくまじょう》さん、ぶるぶるふるえてます。たしかに、いつも、勝手《かって》にキレるか、おバカなことしか言《い》わないギュービッドが、落《お》ちついてると、かえって、こわいんですけど。

「でもさぁ、あたしたちのポイントは百点《てん》じゃないんだ。だって悪魔情《あくまじょう》がそう言《い》ったんだから。」

「え？　ぼ、ぼく、そんなこと、言《い》ってません。そ、そこんとこ、よろ……。」

「言《い》・い・ま・し・たぁ！　こ・れ・が・しょ・う・こ・で・すぅ！」

ギュービッドったら、だだっ子《こ》みたいな声《こえ》を出《だ》すと、鏡《かがみ》に向《む》かって呪文《じゅもん》を唱《とな》えだした。

「ルキウゲ・ルキウゲ・リボビナーレ！」

あ、これ、時間巻《じかんま》きもどし魔法《まほう》じゃない？　でも、鏡《かがみ》にかけるとどうなるの？

「チリリン！『――おめでとうございまーす！』」

ん？　なんか、鏡《かがみ》のむこうから、すずやかなベルの音《おと》と声《こえ》がしたよ。

「『おお！　悪魔情《あくまじょう》！』」

鏡《かがみ》の中《なか》にギュービッドが！　おっこちゃんや桃花《とうか》ちゃんも。天井《てんじょう》には悪魔情《あくまじょう》さん……。

「これ、東京駅《とうきょうえき》のトイレの中《なか》のようすじゃない。」

おどろく美陽《みよ》ちゃんに、ギュービッドったら、にんまりしちゃって、得意《とくい》そう。

「そ。時間巻《じかんま》きもどし魔法《まほう》を鏡《かがみ》にかけると、そこに過去《かこ》の知《し》りたいときのようすが、そのままうつるの。こんな便利《べんり》なことができるのは黒魔女《くろまじょ》だけぇ。そこんとこ、よろしく！」

ウケねらいのギューービッドに、あぜんとするひまもなく、鏡《かがみ》から悪魔情《あくまじょう》さんの声《こえ》。

「『お二人《ふたり》がみごと、魔法《まほう》をいっさい使《つか》わず、おたがいの友情《ゆうじょう》を思《おも》いだしました！　友情《ゆうじょう》のあかしであるリボンとお箸《はし》を使《つか》ったことは、かなりのポイント獲得《かくとく》につながりました！』」

「な！　今《いま》、『かなりのポイント獲得《かくとく》』って言《い》っただろ？」

た、たしかに！

「で、悪魔情《あくまじょう》、『かなりのポイント獲得《かくとく》』ってのは、何点《なんてん》だ？」

勝《か》ちほこったようなギューービッドに、悪魔情《あくまじょう》さん、大《おお》きな目《め》を白黒《しろくろ》。

「あー、そ、その特別《とくべつ》ポイントも、忘《わす》れてた……。」

はあ……。忘《わす》れ物《もの》が多《おお》すぎますっ。で、特別《とくべつ》ポイントって？

悪魔情《あくまじょう》さんが、ズボンのポケットから、なにかひっぱりだしてる。

うすっぺらなチラシみたい。なんか、紅葉《もみじ》にしてはやけにどくどくしい赤《あか》や黄色《きいろ》の木々《きぎ》のあいだに、白《しろ》い滝《たき》の写真《しゃしん》が印刷《いんさつ》されてるけど。

『無智《むち》の滝《たき》ツアー特別《とくべつ》ご招待券《しょうたいけん》』？　なにこれ？

「それが特別《とくべつ》ポイントのごほうび。オプショナルツアーってやつですね。でもすごいですよ。魔界遺産《まかいいさん》の『無智《むち》の滝《たき》』に、クイズを解《と》くだけで無料《むりょう》で行《い》けるんですから。」

クイズさえ解《と》けば？　どういうこと？

「滝《たき》に行《い》くのは、たいへんなんです。滝《たき》のあるリトル・ドラゴン村《むら》は、龍神《りゅうじん》をおまつりする神聖《しんせい》な村《むら》。入《い》り口《ぐち》は、このホテル魔宮《まきゅう》にしかありません。で……。」

悪魔情《あくまじょう》さんの話《はなし》も、ギュービッドに負《ま》けずに、むだに長《なが》かったので、まとめると……。

一　まず、ホテル魔宮《まきゅう》に、申《もう》し込《こ》み金《きん》とともに、ツアーの申《もう》し込《こ》みをする。

一　抽選《ちゅうせん》であたった毎日《まいにち》十名様《めいさま》のみが、リトル・ドラゴン村《むら》への入《い》り口《ぐち》がかくされているという、『どくじゃの間《ま》』へ入《はい》ることができる。

一　そこでクイズを解《と》き、入《い》り口《ぐち》をさがしあてて、はじめて村《むら》への入《い》り口《ぐち》が開《ひら》く。

「しかぁし！　みなさんには、『無智《むち》の滝《たき》ツアー特別《とくべつ》ご招待券《しょうたいけん》』があるので、いきなり『どくじゃの間《ま》』に行《い》って『村《むら》の入《い》り口《ぐち》はどくじゃ〜』ってさがせるんです。すごくネ？」

悪魔情《あくまじょう》さん、最後《さいご》のほう、なんか、なまってなくネ？

「おお、そのツアーもいいですね。魔界遺産《まかいいさん》なんて、なかなか見《み》られないですしね。」

たしかに鈴鬼《すずき》くんの言《い》うとおりかも。いくら豪華《ごうか》でも、おトイレだけはいやだし。

「ようし、じゃあ、そのご招待券《しょうたいけん》を使《つか》うから、悪魔情《あくまじょう》、あたしたちを案内《あんない》しろ。」

「はいはい。かしこまりました。それでは、あっ……。」

悪魔情《あくまじょう》さん、またまたかたまっちゃったけど、こんどはどうしたの？

「あの、やっぱりポイントがたりないんで、ご案内《あんない》ができません……。」

え？　無料《むりょう》ご招待券《しょうたいけん》があるから、ポイントはいらないんじゃないの？

「いえ、ご招待券《しょうたいけん》は、申《もう》し込《こ》み金《きん》がいらないということで、トイレから出《で》て『どくじゃの間《ま》』へ行《い》くのにポイントが必要《ひつよう》なんです。でも、百点《てん》じゃ無理《むり》……。」

消《き》えいりそうな悪魔情《あくまじょう》さんの声《こえ》をかきけすように、ギュービッドの怒声《どせい》が響《ひび》いた。

「もうっ、あたしはがまんできなーいっ！　ルキウゲ・ルキウゲ・グラッサーレ！」

聞《き》いたことのない呪文《じゅもん》。いったいなにがおきたの？

わわわわっ！　悪魔情《あくまじょう》さんの体《からだ》が、氷《こおり》につつまれてるっ。

「『たちまちアイスキャンディー魔法《まほう》』ですよ、おねえちゃん。」

ええっ！　悪魔情《あくまじょう》さん、凍《こお》っちゃったの？　お、おそろしい……。

あ、おっこちゃんも、目《め》をまんまるにしてかたまっちゃってる！

おっこちゃん、黒魔法《くろまほう》なんてはじめてなんだよ。かわいそうに、ふるえて……。

「まあ、なんてしゃれた氷《こおり》の像《ぞう》！　大《おお》きなご宴会《えんかい》のときに、こういうのをお料理《りょうり》のあいだにかざったら、お客様《きゃくさま》によろこんでいただけるでしょうねえ。」

「あら、秋好旅館《しゅうこうりょかん》のパーティではこんなのあたりまえよ。」

……おっこちゃん、美陽《みよ》ちゃん。

お仕事熱心《しごとねっしん》なのはけっこうですが、感性《かんせい》がかなり人間《にんげん》ばなれしてるような……。

「なにしてるんです。せっかくギューービッドさまが道《みち》を開《ひら》いてくださったんです。ここから脱出《だっしゅつ》して、勝手《かって》に楽《たの》しんじゃいましょう！」

鈴鬼《すずき》くん、目《め》を輝《かがや》かせて、おトイレを飛《と》びだしてく。

「忘年会《ぼうねんかい》っ！　忘年会《ぼうねんかい》っ！」

ギューービッドも、子《こ》どもみたいに、おどらないでくださいっ。

それにしてもいいのかなぁ。これ、ルール違反《いはん》でしょ。ばれたら、しかられそう。

でも、おトイレにいつまでもいたくないし……。

しぶしぶあとをついていくと、遠《とお》くから、なにやら手拍子《てびょうし》だの歌声《うたごえ》だのが聞《き》こえてきた。

「あれは、宴会《えんかい》でさわいでる声《こえ》やな。」

ウリ坊《ぼう》さんが、声《こえ》のするほうへ向《む》かって、歩《ある》いていった。

その先《さき》には、〈大広間《おおひろま》〉の看板《かんばん》。

中《なか》をのぞくと、長《なが》い長《なが》い畳《たたみ》のろうかがまっすぐにつづいてる。その左右《さゆう》に、たくさんのふすまがずらり。中《なか》からは、にぎやかな歌声《うたごえ》や歓声《かんせい》が。

「おおっ、ここが忘年会《ぼうねんかい》の会場《かいじょう》だぜっ。」

ギュービッドたちが、かけだそうとしたとたん。

パタン！

いきなり畳《たたみ》がはねあがった。

パタ、パタ、パタ、パタンっ。

あっけにとられるあたしたちの目《め》の前《まえ》で、畳《たたみ》はつぎつぎとはねあがっていく。

それだけじゃないの。床下《ゆかした》からは、おっこちゃんとそっくりの藍染《あいぞ》めの着物《きもの》の女《おんな》の人《ひと》たちが、ぞろぞろはいあがってきて。それが、また、はげしくあやしい感《かん》じで。だって、顔《かお》が紫色《むらさきいろ》。真《ま》っ赤《か》な目《め》はつりあがり、口《くち》は耳《みみ》までさけてるし。なによりこわいのは、もしゃもしゃの髪《かみ》の毛《け》の一本《ぽん》一本《ぽん》が、へび……。

「いらっしゃいませぇ。」

墓石《はかいし》のように立《た》ちあがった畳《たたみ》をバックに、仲居《なかい》さんたち、深々《ふかぶか》とおじぎ。頭《あたま》のへびさんたちも、いっしょに、おじぎ。

「こちらこそ、おせわになります。」

おっこちゃんまで、おじぎしてるよ。ねえ、こわくないの？

「だって、旅館《りょかん》で働《はたら》く立場《たちば》はいっしょよ。みなさんのご苦労《くろう》がよくわかるわ。」

そ、それにしたって、この仲居《なかい》さんたち、メデューサだよ。

メデューサっていうのは、ギリシャ神話《しんわ》に出《で》てくる魔物《まもの》。あの目《め》で見《み》つめられると、どんなものでも石《いし》に変《か》えられちゃうの。歯《は》はイノシシのようにするどくて、手《て》は青銅《せいどう》でできていて、髪《かみ》の毛《け》はもちろん毒蛇《どくじゃ》。背中《せなか》には黄金《おうごん》の翼《つばさ》がはえてて……。

「へえ、背中《せなか》に翼《つばさ》が！　まあ、翼《つばさ》がうまく出《で》るように着物《きもの》にしかけがしてあるのね？」

おっこちゃん、そのリアクションはどんなものでしょうか……。

「黒魔女《くろまじょ》しつけ協会《きょうかい》の年末企画《ねんまつきかく》に参加《さんか》なさっているお客様《きゃくさま》ですね。」

先頭《せんとう》のメデューサ仲居《なかい》さん一号《ごう》が、ずずいっと、あたしたちに近《ちか》づいてきた。

頭《あたま》の毒蛇《どくじゃ》さんたちは身《み》をくねらせ、小《ちい》さな点《てん》のような目《め》で、あたしたちひとりひとりを、ゆだんなく見《み》つめてて。

「すごいわねぇ。あんな毒蛇《どくじゃ》さんたちがいたら、たくさんのお客様《きゃくさま》がいらしても、ひとりひとりのご要望《ようぼう》にすぐにおこたえできるわね。」

おっこちゃん、その若《わか》おかみモード、もうオカルトです……。

あたしは黒魔女《くろまじょ》さんだけど、ダメ。とくに、うろこにかこまれた黒《くろ》い目《め》がこわい……。

「そうや。豪華忘年会《ごうかぼうねんかい》の部屋《へや》へ案内《あんない》してくれへんか。」

おおっ、ユーレイのウリ坊《ぼう》さん、たよりになります。

「かしこまりました。で、お客様《きゃくさま》のポイントはいかほどで？」

「満点《まんてん》に決《き》まってるだろ。」

ギュービッドったら、平気《へいき》な顔《かお》で、大《おお》うそついてる。

王立魔女学校《おうりつまじょがっこう》の校訓《こうくん》「不正《ふせい》を見《み》て見《み》ぬふりするなかれ」っていうの、まったくおぼえてないの？　ほんとに不良黒魔女《ふりょうくろまじょ》なんだねぇ。

「満点《まんてん》、で、いらっしゃいますか？」

メデューサ仲居《なかい》さん一号《ごう》が、赤《あか》い目《め》をぎらりと光《ひか》らせた。

や、やばい、なんか、ばれてない？

「正確《せいかく》な点数《てんすう》はおぼえてませんが、特別《とくべつ》ポイントがついて、たぶん満点《まんてん》、かな……。」

鈴鬼《すずき》くん、なんとかごまかそうという、いやらしい魂胆《こんたん》がみえみえですよ。

「あ、それなら、こちらでわかりますので。」

そう言《い》ったとたん、メデューサ仲居《なかい》さん一号《ごう》の髪《かみ》から毒蛇《どくじゃ》が一匹《ぴき》、体《からだ》をのばしてきた。

先《さき》のわれた赤《あか》い舌《した》が、ギュービッドに向《む》かって、ちろちろ。

「あ、なるほど。お客様《きゃくさま》がたは、ポワゾン・コースでいらっしゃいますね。」

ぽんと手《て》をたたくメデューサ仲居《なかい》さん一号《ごう》に、ギュービッドが、にたっとした。

「そうだぜ！　だから、あたしは、ポワゾンって香水《こうすい》をつけてたんだ。」

「それは、それは、たいへん失礼《しつれい》をいたしました。」

ふう……。ばれなかったみたいね。あぶなかったよ。

「さあどうぞ、こちらのお部屋《へや》へ！」

メデューサ仲居《なかい》さん一号《ごう》、毒蛇《どくじゃ》の髪《かみ》をゆらして、いちばん近《ちか》くのふすまをあけた。

すっごくきれいなお部屋《へや》。ぴかぴかの畳《たたみ》に、大《おお》きなほりごたつがあって。

「ウォー、個室《こしつ》で宴会《えんかい》かよ！　めっちゃキテるぜ！」

「先輩《せんぱい》、このこたつぶとん、タツノオトシゴのマークがいっぱいで、かわいいですよ！」

「ほりごたつでお食事《しょくじ》っていうのは、あったかくて、とてもいいわねえ。春《はる》の屋《や》でもとりいれられないかしら。」

「うはー、ぬくいわあ！　こたつのぬくいのんて、ひさしぶりやなあ！」

「ちょっとウリ坊《ぼう》、はしに寄《よ》ってよ！　実体化《じったいか》したら、かさばるんだから！」

みんなが、口々《くちぐち》に好《す》き勝手《かって》言《い》いながら、ほりごたつをかこんで席《せき》につくと、いかにも高《たか》そうな和紙《わし》に筆《ふで》で書《か》かれたメニューが、すっと出《だ》された。

ポワゾン・コース
―食前酒《しょくぜんしゅ》　ガラガラヘビの生《い》き血《ち》のカクテル
―前菜《ぜんさい》　猛毒《もうどく》さそりの鬼殻《おにがら》焼《や》き
―お食事《しょくじ》　柳田《やなぎだ》シェフ考案《こうあん》の「冬限定《ふゆげんてい》のきのこ入《い》り大《おお》かまめし」
―デザート　「ホテル魔宮《まきゅう》」特製毒《とくせいどく》まんじゅう
お食事《しょくじ》のあとは、『マムシとハブが泳《およ》ぐ毒蛇風呂《どくじゃぶろ》』をお楽《たの》しみいただけます。

はあ……。なんだか、毒《どく》ばっかりのようなな。

予想《よそう》はしてたけど、魔界《まかい》のホテルのお食事《しょくじ》は、やっぱりこうでしたか……。

それにしても、「大《おお》かまめし」だけ、なんとなくまともなような気《き》がするけど。

「おねえちゃん、見《み》てください。ここに大《おお》かまめしの写真《しゃしん》がありますよ。」

桃花《とうか》ちゃんが、メニューのうらを指《ゆび》さしてる。

「まあ、これが冬限定《ふゆげんてい》のきのこ？　かわいいわ！」

おっこちゃん、あたしをおしのけるようにして、身《み》をのりだしてきた。

さすがは若《わか》おかみ、ほんとに研究熱心《けんきゅうねっしん》です。

「でも、このきのこ、どこかで見《み》たような気《き》がするわね。」

うん、あたしもおっこちゃんの言《い》うとおりだと思《おも》う。

茶色《ちゃいろ》のかさに赤《あか》、青《あお》、黄色《きいろ》の斑点《はんてん》がついてるうえに、太《ふと》い軸《じく》には顔《かお》が！

「テレビのコマーシャルに出《で》てた、ドコモダケとちゃうか？」

ウリ坊《ぼう》さんが言《い》うと、ギューービッドが、にゅっと顔《かお》をつきだした。

「ちがーう！　これは毒《どく》モダケだぜ！」

ギューービッド！　いちいちオヤジギャグを入《い》れるのは、やめとくれ！

「これだから低級黒魔女《ていきゅうくろまじょ》はこまる。毒《どく》モダケは、人間界《にんげんかい》のマツタケと同《おな》じくらいの高級品《こうきゅうひん》なんだ。おしげもなくかまめしに使《つか》うなんて、考《かんが》えられないほどのぜいたくだぜ。」

「しかもそのあと『毒蛇風呂《どくじゃぶろ》』に入《はい》れるなんて、もう最高《さいこう》です。湯船《ゆぶね》にしずんだマムシとハブをみんなでさがすんです。『どこじゃ、どこじゃ、毒蛇《どくじゃ》はどくじゃ～！』って。」

鈴鬼《すずき》くん、ギューピッドとなかよしなのはいいけど、悪《わる》い影響《えいきょう》はうけないでください。

だいたい『毒蛇《どくじゃ》はどくじゃ〜』ってオヤジギャグ、さっき悪魔情《あくまじょう》さんが言《い》ってた『村《むら》の入《い》り口《ぐち》はどくじゃ〜』のパクリでしょ……。

ん？　ちょっとまって。

無智《むち》の滝《たき》のあるリトル・ドラゴン村《むら》への入《い》り口《ぐち》は、『どくじゃの間《ま》』にあるのよね。

みょうにヘビばかりが目《め》につくこのお部屋《へや》、もしや、ここが『どくじゃの間《ま》』……。

そうだ、お部屋《へや》の外《そと》に看板《かんばん》があったよね。ようし、ちょっとたしかめてこよう。

「ダメですよ、おねえちゃん。」

どうしたの、桃花《とうか》ちゃん？　声《こえ》をひそめちゃって。ピンクの目《め》もまたたいちゃって、なんだか不安《ふあん》そう……。

でも、桃花《とうか》ちゃんはなにも言《い》わず、ふすまに向《む》かって、あごをあげた。

ぴたりと閉《と》じたふすまのむこうで、かさこそと畳《たたみ》のこすれる音《おと》がする。

だれかがひそんでる気配《けはい》。それも一人《ひとり》じゃないよ。何人《なんにん》もいるような……。

あたしと桃花《とうか》ちゃんのようすに、ギューピッドたちも気《き》づいたのか、顔《かお》をしかめて、ふすまを見《み》つめてる。

ふすまのむこうから、かすかに声《こえ》が聞《き》こえた。

「……ここだな、ルール違反《いはん》をおかした連中《れんちゅう》がひそんでいるのは。」

「まちがいございません。閉《と》じこめてすぐに魔界警察《まかいけいさつ》に連絡《れんらく》いたしましたから……。」

魔界警察《まかいけいさつ》？　ええっ、じゃあ、ふすまのむこうにいるのは、バン・シーさんたち……。

「みなのもの、一人《ひとり》として逃《に》がすでないぞ。」

だから言《い》わないこっちゃない！　やっぱり、ばれてたんじゃない！

「ま、まずいですよ、ギュービッドさま……。」

赤土色《あかつちいろ》のはずの鈴鬼《すずき》くんの顔《かお》も、真《ま》っ青《さお》。

「ど、どうするんや。逃《に》げ道《みち》はどこにもなさそうやで。」

ウリ坊《ぼう》さんの言《い》うとおり、このお部屋《へや》に窓《まど》はないよ。

どうする？　どうするの、ギュービッド！

8　バン・シーの恐怖《きょうふ》！　大《だい》ピンチ！

「魔界警察《まかいけいさつ》につかまったらどうなるの？」

美陽《みよ》が、心配《しんぱい》そうにギューピッドを見《み》つめると、鈴鬼《すずき》がわりこんできた。

「魔界《まかい》の警察官《けいさつかん》は、バン・シーっていうのがやってきまして。これが、真《ま》っ赤《か》な目《め》に長《なが》い髪《かみ》の死《し》の妖精《ようせい》で、泣《な》きながら死《し》の歌《うた》を歌《うた》うんです。その歌声《うたごえ》を耳《みみ》にしたら、人間《にんげん》だろうが魔《ま》物《もの》だろうが、かならず、死《し》んでしまいます。」

「か、かならず、死《し》ぬ？」

美陽《みよ》が、顔《かお》をひきつらせてきいた。

「そ。バン・シーからは、だれも逃《に》げられないってこと。」

他人《ひと》ごとのように言《い》うギューピッドに、美陽《みよ》とウリ坊《ぼう》は、ええっ!?　と顔《かお》を見《み》あわせた。

「だって、おれら、ユーレイやで？」

「一度死《いちどし》んでるのよ？」

「何度死《なんどし》んでも同《おな》じなの。人間《にんげん》でも、ユーレイでも、黒魔女《くろまじょ》でも、魔物《まもの》でも、バン・シーの歌《うた》を聞《き》いたら、みんな死《し》ぬの。灰《はい》になって、はい、さよなら、なの。」

笑《わら》いをとろうとするには、あまりにもレベルが低《ひく》いオヤジギャグだなと鈴鬼《すずき》は思《おも》ったが、今《いま》はそれどころではないので、ぐっとこらえた。

と、そのとき、美陽《みよ》が悲鳴《ひめい》をあげた。

「ふすまがあきそうよ！」

「うおー！　そうはさせへんぞ！　二回《かい》も死《し》んでたまるか！」

ウリ坊《ぼう》が、部屋《へや》の調度品《ちょうどひん》をつみあげて、ふすまをふさいだ。桃花《とうか》ちゃんと美陽《みよ》が、いそいでそれを手伝《てつだ》った。

「安心《あんしん》してください。バン・シーたちが、死《し》の歌《うた》を歌《うた》いそうになったら、あたし、ダイナマイトを投《な》げてやりますから！」

「なんや、おまえ、アイドルなみにかわいい顔《かお》してて、そんなもん、いつも持《も》っとるんか！　さすが、魔女《まじょ》やなあ！」

ウリ坊《ぼう》が、桃花《とうか》ちゃんのピンク色《いろ》の目《め》をまじまじと見《み》た。

「アイドル……。たしかにそうだけど、ほめられると、はずかしいです……。」

桃花《とうか》ちゃんが、ほおを赤《あか》らめた。

「ウリ坊《ぼう》ったら、こんなときに、なに女《おんな》の子《こ》となかよくなってるのよ！　鈴鬼《すずき》くん！　バン・シーに、ダイナマイトなんてきくの？」

「うーん、バン・シーなだけに、ダイナマイトが『バンッ』って爆発《ばくはつ》すれば、みんなびっくりして『シー』ってなっちゃうでしょうけど……。」

みんなが一瞬《いっしゅん》、冷《つめ》たい目《め》になったのに鈴鬼《すずき》は気《き》づいて、あわてて言《い》いなおした。

「効《き》きめはそのときだけで、また死《し》の歌《うた》を歌《うた》われたら、ひとたまりもありませんね。」

「そうだ、ギュービッドさま。バン・シーをさっきの魔《ま》法《ほう》で凍《こお》らせたりできない？」

チョコちゃんがギュービッドのマントに飛《と》びついて言《い》った。

「バン・シーは妖精《ようせい》なの。妖精《ようせい》に魔《ま》法《ほう》は通用《つうよう》しないの。もっと修行《しゅぎょう》を『ようせい』

……。」

言《い》っているうちに、めりめりとふすまが破《やぶ》れてきた。ウリ坊《ぼう》が運《はこ》んだ、茶《ちゃ》ダンスや座《ざ》イスも、あっけなくたおされた。

「ああ、もうあかん……。」

ウリ坊《ぼう》が頭《あたま》を抱《かか》えた。

「くっそう！　どこかにぬけ道《みち》とかないのかよ！」

ギュービッドがくやしそうに壁《かべ》のあちこちをたたいた。

「あのう、バン・シーさんたちに泣《な》かれたら、だめなんですよね？」

おっこは、ギュービッドたちにたずねた。

「そうだけど……。」

「泣《な》かれなければ、だいじょうぶなんですか？」

「ああ、死《し》の歌《うた》を歌《うた》うときは、まず泣《な》くことからはじまるからな。」

「とにかく泣《な》かれないようにしたらいいかも。ちょっと思《おも》いついたことがあって。」

「どうやって!?」「なに？」「どうするつもりなんや？」

みんながおどろいて、いっせいにおっこにつめよったとき。

ばりばりっ。

ふすまが、引《ひ》きさかれる音《おと》が響《ひび》きわたった。

「とにかくここは、あたしがなんとかする!」

おっこは、ぴしっと着物《きもの》のすそとえりもとの線《せん》を直《なお》し、あぜんとするみんなの前《まえ》を通《とお》りすぎていく。そのうしろ姿《すがた》に、チョコちゃんは、うんっとうなずいた。

「ようし! おっこちゃんががんばってるあいだに、あたしが逃《に》げる方法《ほうほう》を考《かんが》えるよっ。」

おっこが、ふすまの前《まえ》に正座《せいざ》した。破《やぶ》れたふすまのむこうから、緑《みどり》の服《ふく》に灰色《はいいろ》のマントのバン・シーたちがあらわれた。

「バン・シー様《さま》、ホテル魔宮《まきゅう》にようこそいらっしゃいませ! お待《ま》ちしておりました。」

おっこはそう言《い》って、畳《たたみ》に手《て》をついて深々《ふかぶか》と頭《あたま》をさげた。

すると、バン・シーたちは、ホテル魔宮《まきゅう》の仲居《なかい》そっくりの着物《きもの》を着《き》たおっこに、おや?と顔《かお》を見《み》あわせた。

「本日《ほんじつ》は魔界警察《まかいけいさつ》バン・シー様《さま》、忘年会《ぼうねんかい》のご予約《よやく》ありがとうございます。すぐにお料理《りょうり》のほうをご用意《ようい》いたします……。」

そう言《い》いながらぱっと顔《かお》をあげて、おっこは、まあ！　と大《おお》きな声《こえ》をあげた。

「みなさん、目《め》が真《ま》っ赤《か》ですよ！　いけませんわ！　すごく目《め》が疲《つか》れていらっしゃる。ウリ坊《ぼう》！　あのタオルをお持《も》ちして！」

ウリ坊《ぼう》は、「そ、そうか！」とさけんで、春《はる》の屋旅館《やりょかん》から持《も》ってきた七本《ほん》のタオルをおっこにわたした。

「ささ、みなさん、そこにおすわりになって。美陽《みよ》ちゃん、おざぶとんを。年末《ねんまつ》はいそがしいですものね、きっとみなさま、すごくお疲《つか》れなんですよ。」

おっこがそう言《い》うと、バン・シーたちは、たがいの顔《かお》を見《み》あってざぶとんに正座《せいざ》した。

「ほーら、こうして目《め》を休《やす》めて、しばらくおくつろぎになってはいかがです？」

おっこがリーダーらしい先頭《せんとう》のバン・シーの目《め》をタオルでやさしくおさえ、きゅっと頭《あたま》のうしろで結《むす》び、そーっとその体《からだ》をたおした。

「さ、ざぶとんを枕《まくら》になさって……。いかがです？　こうすると落《お》ちつきませんか？」

するとバン・シーのリーダーが深《ふか》くうなずいた。

「最近《さいきん》、たしかに疲《つか》れててねえ。わけのわからない事件《じけん》が多《おお》いんだよね。んー、これ、けっこういいかもしれない。」

「警察《けいさつ》のお仕事《しごと》はたいへんですものねえ。ウリ坊《ぼう》、美陽《みよ》ちゃん、ほかのみなさんにも同《おな》じことをしてさしあげて！」

おっこの指示《しじ》を、美陽《みよ》とウリ坊《ぼう》がすかさず実行《じっこう》した。

バン・シーたちにつぎつぎタオルの目《め》かくしをし、ざぶとんを枕《まくら》に寝《ね》てもらった。

「こうしてると、寝《ね》てしまいそうだなー。」

「じゃ、みなさまがお休《やす》みのあいだに忘年会《ぼうねんかい》のお料理《りょうり》の準備《じゅんび》をしておきますから。」

「それはありがたいね。」

バン・シーたちが、いっせいにうなずいたときだった。

「おっこちゃん！」

ほりごたつの中《なか》から、チョコちゃんが顔《かお》を出《だ》してさけんでいた。

「わかったよ！　ここよ！　ここから外《そと》に出《で》られるはずだよ！」

「なんだ？　だれがさけんでるんだ？」

バン・シーのリーダーがきいてきた。

「ええと、ろうかでどこかのお子様《こさま》が、迷子《まいご》になってらっしゃるみたいです。ちょっと見《み》てきますね。」

おっこはそう言《い》って、そっとチョコちゃんのそばに行《い》った。

「おこたの中《なか》から？　なにか黒魔法《くろまほう》を使《つか》うの？」

けれども、チョコちゃんは、首《くび》をふった。

「あたし、クイズを解《と》いたの！」

「クイズ？　クイズって？」

「無智《むち》の滝《たき》のあるリトル・ドラゴン村《むら》への入《い》り口《ぐち》よ。それが、このこたつなの。」

「え、どういうこと？　だって、入《い》り口《ぐち》は『どくじゃの間《ま》』にあるんでしょう？」

「だから、鈴鬼《すずき》くんが、『毒蛇《どくじゃ》はどくじゃ。』って言《い》ったのがヒントになって……。」

「ああ、もう、おまえたちの会話《かいわ》は、ほんとにいらいらするっ！」

ギューービッドさまが、二人《ふたり》のあいだにわりこんだ。そして、小《ちい》さなタツノオトシゴのマークがちりばめられたこたつぶとんを、がばっとめくった。すると、オレンジ色《いろ》に輝《かがや》くほりごたつの底《そこ》に、黒《くろ》い四角《しかく》が、ぽっかりと口《くち》をあけていた。

「チョコのなぞときはあとっ！　とにかく、みんな、こたつの中《なか》に飛《と》びこむんだよ！」

それを見《み》て、鈴鬼《すずき》や美陽《みよ》を先頭《せんとう》に、みんながわっとほりごたつのほうにかけよった。

「ウリ坊《ぼう》さん、早《はや》く！」

桃花《とうか》ちゃんが、こたつぶとんをめくって、ウリ坊《ぼう》を手《て》まねきしている。

「おっこちゃんも！　早《はや》く！」

チョコちゃんがおっこの手《て》をつかんだ。

二人《ふたり》で、こたつの中《なか》にもぐりこんだものの、ウリ坊《ぼう》と桃花《とうか》ちゃんがなかよく手《て》をつないだまま通路《つうろ》をぬけようとしていて、つまって、動《うご》けなくなっていた。

「桃花《とうか》ちゃんたち、いそいで！」

あわてるチョコちゃんたちに、バン・シーたちも、ようやく異常《いじょう》に気《き》がついたらしい。

目《め》かくしをしたまま、首《くび》をかしげはじめた。

「おーい、仲居《なかい》さん、いつまでこうしてたらいいの？」

「料理《りょうり》はなに？　コブラのおさしみとか、ほしいなぁ。」

けれども、おっこの返事《へんじ》がない。とうとう、リーダーのバン・シーが、目《め》からタオルをはずした。

「おい！　仲居《なかい》！　なぜこたつにもぐる！」

「まずいよっ。もうこうなったら、しかたないっ。桃花《とうか》ちゃん、ごめんっ。」

バン・シーのリーダーが、おっこにだまされたことに気《き》づいたのと、チョコちゃんが、もたもたと通路《つうろ》でつまっている、ウリ坊《ぼう》と桃花《とうか》ちゃんの背中《せなか》を、足《あし》でぎゅうっと押《お》しこむのは、ほぼ同時《どうじ》だった。

「はいー。あのう、みなさんのお休《やす》みになるのにおじゃまになってはいけませんので、ちょっとこちらから失礼《しつれい》しようかと。」

おっこが答《こた》えるのを、こたつの中《なか》から、チョコちゃんがぐいっと引《ひ》っぱった。

「もう！　おっこちゃん！　接客《せっきゃく》しすぎだよ！」

「えーっと、みなさま、し、失礼《しつれい》しますー！」

おっこは、チョコちゃんに足《あし》を引《ひ》っぱられたそのかっこうのまま、暗《くら》い通路《つうろ》の中《なか》に落《お》ちていった……。

9　おかしなおかしなオプショナルツアー

「いったーい！」

思《おも》いっきり、おしり、うったぁ。

パニエの下《した》は、かたい赤土《あかつち》。ゴスロリで転《ころ》ぶと、もろにきます……。

「あら、ここはどこ？」

おっこちゃん、さすがは若《わか》おかみ。

あたしに足《あし》を引《ひ》っぱられたかっこうのまま、しりもちをついてるけど、しっかりと着物《きもの》のすそをもとにもどしてるもの。ゴスロリと着物《きもの》って、おたがい小学生《しょうがくせい》ばなれしたかっこだと思《おも》うけど、やっぱりおっこちゃんは、若《わか》おかみ。黒魔女《くろまじょ》さんとはちがいます……。

それにしても、ほんとにどこだろ。

ひんやりとした風《かぜ》が、おこたにもぐって熱《あつ》くなったおでこに、気《き》持《も》ちいいけど。

「わあっ、滝《たき》っ！」

口《くち》に手《て》をあてて、おっこちゃんが歓声《かんせい》をあげてる。その視線《しせん》を追《お》うと……。

ほんとだ！　青空《あおぞら》をつきあげるような切《き》りたった高《たか》い崖《がけ》から、太《ふと》い水柱《みずばしら》が、ざざざざざざとしぶきをあげて、流《なが》れおちてる。

とちゅうの岩《いわ》で、滝《たき》の流《なが》れが三つにわかれているのが、とってもきれい。

滝《たき》が落《お》ちた岩場《いわば》には、七色《なないろ》の雲《くも》が、とろとろとうずまいてるし……。

「ようこそ、リトル・ドラゴン村《むら》へ。」

とつぜん、足《あし》もとから声《こえ》がした。しわがれて、おじいさんみたい。

でも、どこにもだれもいないよ。だ、だれ？

「ここは魔界《まかい》でございます。人間《にんげん》の姿《すがた》をしているとはかぎりませぬぞ。」

「チョ、チョコちゃん！　小《ちい》さーいヘビがしゃべってるわ。」

え？　わぁっ。ほ、ほんとだよっ。

でもヘビっていうのとはちがうんじゃない？

だって、大《おお》きな目《め》が頭《あたま》の上《うえ》にぽこんって出《で》てるし、長《なが》いひげもあれば、角《つの》みたいのが生《は》

えてるし。背中《せなか》には、よろいみたいにかたそうなひれがいくつもくっついてる。

ヘビっていうより、ドラゴンって感《かん》じ？　でも、あたしの手《て》のひらサイズだけど。

「だからリトル・ドラゴン村《むら》なんです。あなたがここへの入《い》り口《ぐち》を見《み》つけられたのも、それがヒントだったのでしょう？」

あ、そうそう。そうだったよ。

「え？　チョコちゃん、どういうこと？」

「悪魔情《あくまじょう》さんが『無智《むち》の滝《たき》ツアー特別《とくべつ》ご招待券《しょうたいけん》』をくれたでしょ。あのとき……。」

あのとき、龍神《りゅうじん》をおまつりする神聖《しんせい》なリトル・ドラゴン村《むら》へは、ホテル魔宮《まきゅう》の『どくじゃの間《ま》』からしか、行《い》くことができないって言《い》ってたよね。

そのあとで、メデューサの仲居《なかい》さんに案内《あんない》されたお部屋《へや》で、『ポワゾン・コース』のメニューを見《み》て、鈴鬼《すずき》くんが「毒蛇《どくじゃ》はどくじゃ。」ってふざけてたでしょ。それを聞《き》いて、もしかして、あのお部屋《へや》がその『どくじゃの間《ま》』じゃないかなって考《かんが》えたわけ。

「でもそれだけじゃ、おこたが入《い》り口《ぐち》だって、わからないんじゃないの？」

「ヒントはこたつぶとんだったの。」

あのこたつぶとん、小《ちい》さなタツノオトシゴのマークがいっぱいついてたでしょ。タツって、漢字《かんじ》で書《か》くと、『竜《たつ》』とか『龍《たつ》』。で、ピンときたの。リトル・ドラゴンは、日本語《にほんご》にすれば『小《ちい》さな龍《りゅう》』。つまり『小《こ》・龍《たつ》』＝『こ・たつ』。

「すごい、チョコちゃん！　よくわかったね。」

そんなにほめられると、なんだかはずかしいです。これ、ふだんから、ギュービッドのくだらないオヤジギャグを聞《き》かされているせいだと思《おも》うし。

「いや、じつにおみごと！　さすがは黒魔女《くろまじょ》さんですな！」

ありがとう！　リトル・ドラゴンさんも、小《ちい》さな鼻《はな》の穴《あな》から、ふんって白《しろ》い息《いき》を出《だ》しちゃって、かわいいです！

「あ、リトル・ドラゴンは、村《むら》と魔界種族《まかいしゅぞく》の名前《なまえ》で、わたしたちには、それぞれちゃんと名前《なまえ》がついてるんです。」

あ、そうなんだ。で、あなたのお名前《なまえ》は？

「『センダツ』といいます。」

センダツ？　変《か》わった名前《なまえ》だね。

「とんでもない。とてもわかりやすい名前《なまえ》ですよ。漢字《かんじ》で書《か》くと『先達《せんだつ》』。みなさんの先《さき》にたって、魔界遺産《まかいいさん》・無智《むち》の滝《たき》ツアーをご案内《あんない》するという意味《いみ》ですから。」

そうしたら、おっこちゃん、ぱっと顔《かお》を輝《かがや》かせた。

「じゃあ、センダツさんのご案内《あんない》で、無智《むち》の滝《たき》を見《み》ましょうよ。ウリ坊《ぼう》たちもいっしょに……。あら、みんな、どこに行《い》ったのかしら？」

あ、そうだね。ギュービッドや桃花《とうか》ちゃんだって、先《さき》についてるはずだけど。

「それらの方々《かたがた》でしたら、滝《たき》のあまりの美《うつく》しさに〈浮《う》き足《あし》だつ〉やら、〈色《いろ》めきたつ〉やら落《お》ちつかないごようすだったので、一足先《ひとあしさき》に、滝《たき》のお社《やしろ》に行《い》っていただきました。」

「お社《やしろ》ですって？　魔界《まかい》に神社《じんじゃ》!?　まあ、鳥居《とりい》くんが聞《き》いたらなんて言《い》うかしら！」

やけに感動《かんどう》してるおっこちゃんだけど、あたし、なんかいやな予感《よかん》がしてる。だって、センダツさん、なんか、今《いま》にも〈ツッコミ〉を待《ま》ってるかのように、にやにや……。

「あの、じゃあ、ギュービッドさまたちの案内《あんない》はだれが？」

そうしたら、リトル・ドラゴンの『センダツ』さん、待《ま》ってましたとでも言《い》うように、鼻《はな》からふんって白《しろ》い息《いき》をはいた。

「それはもちろん、『ウキアシダツ』と『イロメキタツ』です。」

やっぱり！　そうじゃないかと思《おも》ったんだよ。

この村《むら》のリトル・ドラゴンさん、龍《たつ》だけに、みんな名前《なまえ》に「タツ」ってつくんだよ。

先達《せんだつ》はセンダツ。浮《う》き足《あし》だつはウキアシダツ。色《いろ》めきたつはイロメキタツ。

「じゃあ、あの滝《たき》が落《お》ちる高《たか》い崖《がけ》は、ソソリタツってとこかしら？　うふふっ！」

おっこちゃん……。あたしなんかより、すぐに魔界《まかい》になじめるんじゃ……。

「なんというすばらしいおじょうさんだ！」

は？　『センダツ』さん、なにをそんなに興奮《こうふん》してるの？

「無智《むち》の滝《たき》は、龍神《りゅうじん》の化身《けしん》ですが、その名《な》を『そそり龍《たつ》』というのですよ！」

まあ、あのりっぱな滝《たき》は、たしかにそそりたつ巨大《きょだい》な水柱《みずばしら》って感《かん》じだけど……。

「さあ、それでは、お参《まい》りにいきましょう。しゅったーつ（出立《しゅったつ》）！」

リトル・ドラゴンのセンダツさん、一人《ひとり》ではりきってます。

でも、案内《あんない》をしてくれるといっても、手《て》のひらサイズなんで、見失《みうしな》わないようにするのが、たいへん。機関車《きかんしゃ》みたいな白《しろ》い鼻息《はないき》だけがたよりだよ。

それにしても、あたりはうっそうとした森《もり》がひろがって、神聖《しんせい》なふんいきだね。

あ、むこうに鳥居《とりい》が見《み》えてきた。あそこに神社《じんじゃ》があるんだね。

そのまたむこうは、滝壺《たきつぼ》なのか、どどぅって水《みず》の落《お》ちる音《おと》が、おなかに響《ひび》く。

「ああ、さわやか！　こんなきれいな森《もり》の中《なか》に来《こ》られてうれしいわ。豪華《ごうか》ホテルもすばらしいけれど、こういうところに来《く》ると、旅《たび》をしてるって気持《きも》ちになるわ。」

おっこちゃん、晴《は》ればれとした顔《かお》してる。

うん、それならよかったよ。小六《しょう》の冬休《ふゆやす》みなのに、若《わか》おかみとして、お仕事《しごと》をしてるんだものね。おいしい空気《くうき》を吸《す》って、すがすがしい気分《きぶん》で……。

「ウケるぜ！　役《やく》に立《た》つから『ヤク龍《ダツ》』だって！　ギヒヒヒヒ！」

静《しず》まりかえった神聖《しんせい》な森《もり》に響《ひび》きわたる、あの下品《げひん》な笑《わら》いは、ギューービッド！

「どうやら、みなさん、お社《やしろ》の売店《ばいてん》にいらっしゃるようですね。」

センダツさん、するするとすべって、鳥居《とりい》をくぐると、すぐ右《みぎ》へ。

そこに白木《しらき》の小屋《こや》があって、ギュービッドや鈴鬼《すずき》くんたちが、大《おお》さわぎの真《ま》っ最中《さいちゅう》。

「おおっ、チョコ。やっと来《き》たか。見《み》ろよ、この龍《りゅう》のお守《まも》り、めっちゃキテるぜ！」

龍《りゅう》のお守《まも》り？　そりゃあ、神社《じんじゃ》だから、お守《まも》りぐらい売《う》ってるでしょうよ。

そうしたら、鈴鬼《すずき》くんが飛《と》んできた。

「ただのお守《まも》りじゃないんです。この龍《りゅう》は、子《こ》どもの健康《けんこう》を守《まも》る『すくすくそ龍《だつ》』（育《そだ》つ）。こっちは、魔法《まほう》や勉強《べんきょう》、スポーツや習《なら》い事《ごと》がうまくなる『じょう龍《たつ》』（上達《じょうたつ》）。」

く、くだらん！　神聖《しんせい》な魔界遺産《まかいいさん》で、だじゃれお守《まも》りが堂々《どうどう》と売《う》られているなんて！

「でも、かわいいファンシーグッズもあるんですよ、おねえちゃん。」

桃花《とうか》ちゃんと美陽《みよ》ちゃん、すっかり女《おんな》の子《こ》モードのきらきら目線《めせん》になって、売店《ばいてん》の壁《かべ》にはられたポスターを指《ゆび》さしてる。

〈『たつたつたつっちょ』シリーズは、リトル・ドラゴン村《むら》でしか手《て》に入《はい》りません！〉

な、なによ、『たつたつたつっちょ』シリーズって。

「おねえちゃん、まだわからないんですか？　この龍《りゅう》は手紙《てがみ》を配《くば》ろうとしているから『配《はい》龍《たつ》』（配達《はいたつ》）、この龍《りゅう》はメグちゃんみたいにはではでなお洋服《ようふく》を着《き》ているから『め龍《だつ》』（目《め》立《だ》つ）、この双子《ふたご》の龍《りゅう》はよく似《に》ているから『うりふ龍《たつ》』（瓜二《うりふた》つ）……。」

あのう、桃花《とうか》ちゃんは知《し》らないだろうけど、人間界《にんげんかい》には、すでにカエルでそういうグッ

ズがあるんだよ。「かんがえる」とか「ひっくりかえる」とか「われにかえる」とか。あたしには、そのパクリとしか思《おも》えません！

「おい、おっこ。春《はる》の屋《や》にこれを買《か》っていこう。」

ウリ坊《ぼう》さん、おっこちゃんに向《む》かって、木彫《きぼ》りのドラゴンをふりあげてる。

「商売繁盛《しょうばいはんじょう》のドラゴンや。『千客万来《せんきゃくばんらい》で、商売《しょうばい》がなり龍《たつ》（成《な》りたつ）』。」

もういいですっ。おっこちゃん、もっと落《お》ちついたところに行《い》こう。

「おじょうさまがた、でしたら、絵馬《えま》はいかがですか？」

センダツさん！　名前《なまえ》のとおり、いい案《あん》内役《ないやく》だね。

でも、絵馬《えま》ってなに？

「木《き》の札《ふだ》に願《ねが》いごとを書《か》いて神社《じんじゃ》に納《おさ》めると、願《ねが》いがかなうというものでして。絵馬《えま》というぐらいですから、もともとは木《き》の札《ふだ》には馬《うま》が描《えが》かれていたのですが、お稲荷《いなり》さんなどではキツネの絵《え》のところもありますし、もちろん、ここは龍《りゅう》の絵《え》です。」

センダツさんに連《つ》れられて、売店《ばいてん》を通《とお》りすぎると、大《おお》きな木《き》の板《いた》があって、そこにたくさんの木《き》の札《ふだ》がかかっていた。

10　絵馬《えま》に願《ねが》いを……

「そちらに新《あたら》しい絵馬《えま》があります。それぞれ選《えら》んで、願《ねが》いごとを書《か》いてください。」

センダツが、売店《ばいてん》の窓口《まどぐち》につみあげてある絵馬《えま》を、長《なが》いひげの先《さき》で指《さ》した。

「わあ。新《あたら》しい絵馬《えま》ってきれい！　白木《しらき》が輝《かがや》いて見《み》えるわ！」

おっこが言《い》うと、チョコちゃんもうんうんとうなずいた。

「おお！　どれを選《えら》んでもいいのか？」

「いっぱいありますね！　願《ねが》いの数《かず》だけほしいなあ！」

さわがしく二人《ふたり》のあいだにわりこんできたのは、ギューピッドと鈴鬼《すずき》だった。

「絵馬《えま》は一人《ひとり》ひとつにしてくださいよ。」

センダツが、めいわくそうにぶふーっと鼻息《はないき》を荒《あら》くしながら、絵馬《えま》の山《やま》に茶色《ちゃいろ》い手《て》をつっこんだ鈴鬼《すずき》を止《と》めた。

「ひとつだけ？　魔界《まかい》なんだから、『いくらでも願《ねが》いをかなえます。』ぐらい、言《い》えよっ。」

鈴鬼《すずき》とギュービッドは、ぶうっとふくれてつかんでいた絵馬《えま》をほうりだした。

「みんな、どんなお願《ねが》いを書《か》いているのかしら？」

おっこがつぶやくと、たくさんぶらさがっている絵馬《えま》を指《さ》してチョコちゃんが言《い》った。

「見《み》て！　おっこちゃん！　いろいろ書《か》いてあるよ。ええと、これは……。」

〈……テストで……点《てん》がとれますように……。〉

絵馬《えま》から、いきなりくぐもった声《こえ》が聞《き》こえた。

「チョコちゃん……、今《いま》のなに？　ふ、腹話術《ふくわじゅつ》？　すごい特技《とくぎ》ね！」

「おっこちゃんたら！　ふつう絵馬《えま》で腹話術《ふくわじゅつ》なんてしないよ！　っていうか、腹話術《ふくわじゅつ》そのものに興味《きょうみ》をもってないよ！」

「じゃあ、今《いま》のは？」

「絵馬《えま》の中《なか》の龍《りゅう》がしゃべったみたい。」

「絵《え》の龍《りゅう》が？　じゃ、今《いま》のは……、ひょっとしてお願《ねが》いごと？」

「なにをさわいでるんですか。」「なんだなんだ！」

みんなが、またぞろぞろと、おっこたちのほうにやってきた。

「ウリ坊《ぼう》！　絵馬《えま》の龍《りゅう》が願《ねが》いごとを言《い》ったのよ。テストでいい点《てん》がとれますようにって。」

「これが？　そやけど、成績《せいせき》アップを願《ねが》うわりには、なんやぼやーっとした龍《りゅう》やな。」

「ホントですね！　おなかがすいたときの先輩《せんぱい》みたいな顔《かお》してますっ！」

「桃花《とうか》！　たとえがなにげに感《かん》じ悪《わる》いんだよ！」

すると、その情《なさ》けない顔《かお》をした龍《りゅう》が、精気《せいき》のない声《こえ》でくりかえした。

〈テストで平均点《へいきんてん》がとれますように……。〉

「なんや!?　『いい点《てん》』やなくて、平均点《へいきんてん》が目標《もくひょう》か!?　望《のぞ》みが低《ひく》いやっちゃなー！」

すると、センダツがひょんと飛《と》んできて、説明《せつめい》してくれた。

「それは『キョ龍《ダツ》』ですね。あまりにテストの点《てん》が悪《わる》かったので、書《か》いた子《こ》どもがぼうぜんとした『虚脱《きょだつ》』状態《じょうたい》だったのでしょう。この絵馬《えま》は願《ねが》いごとを書《か》いた方《かた》の気持《きも》ちに合《あ》った龍《りゅう》がつきますからね。」

センダツの説明《せつめい》に、みんな、へえーっと感心《かんしん》した。

「じゃあ、こっちは？　やけに龍《りゅう》がすさんだ目《め》をしてるけど。」

美陽《みよ》がとなりの絵馬《えま》を指《ゆび》さすと。

〈とくにありません……。〉

どこかけだるい声《こえ》で龍《りゅう》が言《い》いきった。

「お願《ねが》いごとを書《か》くのに、『とくにありません。』なんて……。」

おっこがことばを失《うしな》った。

「やる気《き》がないにもほどがあるよね！　なんだろ！　この子《こ》！」

チョコちゃんもあきれたように言《い》った。

「これは最近《さいきん》、中学生《ちゅうがくせい》に多《おお》いんですよ。『ササクレ龍《ダツ》』。反抗期《はんこうき》っていうんですか、旅先《たびさき》でも心《こころ》がささくれだって、こんなことを書《か》いちゃうんですな。」

「じゃあ、すてきな龍《りゅう》が出《で》てきてくれるように、夢《ゆめ》のあるお願《ねが》いを書《か》かないとね。」

美陽《みよ》が言《い》った。

「そうか。それやったらちょっとでもきれいな龍《りゅう》の絵《え》のやつ……。あ、これ、ええわ！」

ウリ坊《ぼう》が、絵馬《えま》をひとつ手《て》にとった。そしてそれを、桃花《とうか》ちゃんにさしだした。

「これに書《か》いたらええで。これ、ぴかぴかでいちばん新《あたら》しいって感《かん》じや！」

「え？　でも、ウリ坊《ぼう》さんが見《み》つけたんだから、ウリ坊《ぼう》さんが書《か》いたらいいんじゃ。」

桃花《とうか》ちゃんがそう言《い》うと、ウリ坊《ぼう》が真顔《まがお》で言《い》った。

「いや、おまえみたいにきれいな絵《え》の龍《りゅう》やから、きっと願《ねが》いごとにもきれいな龍《りゅう》がつくんちゃうかなと思《おも》って。だから、やる。」

ウリ坊《ぼう》のことばに桃花《とうか》ちゃんは、みるみる真《ま》っ赤《か》になってしまった。

「あ、ありがと……う。」

（……ウリ坊《ぼう》があんなこと言《い》うなんて……。）

おっこは、なんとも言《い》えない複雑《ふくざつ》な気持《きも》ちで、二人《ふたり》のようすを見《み》つめた。

「どうしたの？　おっこちゃん？」

急《きゅう》にだまったおっこを気《き》づかうように、チョコちゃんがきいてくれた。

「う、うん。ウリ坊《ぼう》と桃花《とうか》ちゃんがあんまり仲《なか》がいいから……。ちょっと。」

「あ、そうだよね。いつのまにあんなに気《き》が合《あ》っちゃったのかしら？　桃花《とうか》ちゃんがあんなにはずかしそうにしてるのなんて、はじめて見《み》るよ。」

「ウリ坊《ぼう》は、おばあちゃんのことを永遠《えいえん》に思《おも》いつづけてるんだとばかり思《おも》ってたから。もともとウリ坊《ぼう》はおばあちゃんの幼《おさな》なじみで、ユーレイになってからもずっとおばあちゃんと、孫《まご》のあたしのことを見守《みまも》っているの……。だから、ちょっとさみしい気《き》持《も》ち……。」

しゅんとしたおっこの手《て》を、ぽんと小《ちい》さな手《て》がたたいた。見《み》ると、絵《え》馬《ま》を三つ手《て》に持《も》った美《み》陽《よ》だった。

「あのね。魔《ま》界《かい》に来《き》て、あたしたちユーレイは実《じっ》体《たい》化《か》したじゃない？　そしたら、忘《わす》れてたことがいっぺんによみがえったの。さっき滝《たき》の入《い》り口《ぐち》で、『延《えん》命《めい》の水《みず》』って飲《の》んだら冷《つめ》たくておいしかったわ！　おなかの底《そこ》まで冷《つめ》たいお水《みず》がとどくのを感《かん》じた。こういう感《かん》じはすっかり忘《わす》れてたわ。だから、かわいい女《おんな》の子《こ》ともっとなかよくなっていっぱい話《はな》したいっていう、ふつうの男《おとこ》の子《こ》の気《き》持《も》ちも、ウリ坊《ぼう》によみがえったんだと思《おも》うわ。」

「美《み》陽《よ》ちゃん……。」

美《み》陽《よ》の顔《かお》つきが、ずいぶん大《お》人《とな》びて見《み》える。

「でもユーレイにもどったら、またいつものウリ坊《ぼう》よ。だいじょうぶ。ほら、おっことチョコちゃんに、うんときれいな絵《え》馬《ま》を選《えら》んだわ。願《ねが》いごとを書《か》きましょうよ。」

「うん……。」

おっこは絵馬《えま》を手《て》に考《かんが》えていたが、なかなか願《ねが》いごとがまとまらない。

横《よこ》を見《み》ると、チョコちゃんも考《かんが》えこんでいた。

「チョコちゃん、なかなかお願《ねが》いごとを思《おも》いつかないみたいね？」

「おっこちゃんこそ！　でもおっこちゃんだったら、春《はる》の屋《や》旅館《りょかん》をりっぱで大《おお》きな旅館《りょかん》にするっていう夢《ゆめ》があるじゃない？　それをお願《ねが》いしたら？」

「それは、夢《ゆめ》っていうより、目標《もくひょう》だもの。春《はる》の屋《や》が大《おお》きい旅館《りょかん》になるかならないかは関係《かんけい》なく、せいいっぱいがんばってやっていこうと思《おも》ってるから。チョコちゃんこそ、えらい黒魔女《くろまじょ》になれますようにって、願《ねが》わないの？」

「……ううん。だって、魔力《まりょく》は毎日《まいにち》の修行《しゅぎょう》でしか身《み》につかないのがわかってるのに、魔界《まかい》の神様《かみさま》に魔力《まりょく》アップを神頼《かみだの》みするってヘンじゃない？」

「そうか！　じゃあ、神様《かみさま》にお願《ねが》いすることってなにがいいのかしら？」

「まあ、がんばるだけじゃどうしようもないこと……かなあ。」

「そうよねえ。」

二人《ふたり》でうなずきあっていると、

「うらーあ！　うらうらうらあ！　くだらねえ願《ねが》いを書《か》きくさって！　うっとおしいんじゃあ！」

いきなり近《ちか》くで大声《おおごえ》がしたので、三人《にん》はびっくりしてふりむいた。見《み》ると、ギュービッドの手《て》から絵馬《えま》が飛《と》びあがって、絵《え》の龍《りゅう》がものすごい勢《いきお》いでどなりちらしていた。

鈴鬼《すずき》は思《おも》わずあとずさりをし、桃花《とうか》ちゃんはウリ坊《ぼう》の背中《せなか》のうしろにかくれている。

「なんだあ⁉　この絵馬《えま》は！　おかしいんじゃないのか？」

ギュービッドがさけぶ絵馬《えま》にそう言《い》うと、龍《りゅう》がぎろっとギュービッドをにらみつけた。

「おかしいのはてめえの腐《くさ》った根性《こんじょう》のほうじゃねえのか？　おうっ！　なあにが魔界征服《まかいせいふく》じゃあ！　おまけに死《し》の国《くに》の第《だい》二王子《おうじ》エクソノームさまを頭《かしら》にした、魔界《まかい》のイケメンたち大集合《だいしゅうごう》・逆《ぎゃく》ハーレム王国設立《おうこくせつりつ》って、小《ちい》さいハートといっしょに書《か》きそえるなあ！」

「へえ！　ギューピッドさま、ずいぶんはりきっちゃってるなあ。そんな、いきりたった願《ねが》いを書《か》いたんですか！」

感心《かんしん》したように言《い》う鈴鬼《すずき》に、こんどはセンダツが「そのとおり！」とさけんだ。

「そのような自分《じぶん》の器《うつわ》の大《おお》きさもかえりみない願《ねが》いを平気《へいき》で書《か》く、いきりたった心《こころ》には、『イキリ龍《タツ》』が来《く》るのです！」

「うわあ。はずかしいなあ。そんな身《み》のほどしらずなことを願《ねが》っているなんて。」

「な、なんだと！　おまえのは、他人《ひと》のことを言《い》えるようなりっぱな願《ねが》いなのか？」

ギューピッドが、鈴鬼《すずき》の絵馬《えま》をとりあげたとたん。

「いてっ！」

ギューピッドは悲鳴《ひめい》をあげて絵馬《えま》をほうりだした。

「なんだ？　角《かど》が手《て》にささったぞ!?」

すると、センダツがすかさず解説《かいせつ》した。

「それは『カドガ龍《タツ》』のしわざですね。ということはそちらの小鬼《こおに》さんは、よっぽど角《かど》が立《た》つような願《ねが》いをされたんでは？」

「どういうこと？　鈴鬼《すずき》くん。『上《あ》げ膳《ぜん》据《す》え膳《ぜん》豪華《ごうか》膳《ぜん》の一流豪華旅館《いちりゅうごうかりょかん》に引《ひ》っ越《こ》したい。』だなんて。春《はる》の屋旅館《やりょかん》で好《す》き放題《ほうだい》していて、そのうえまだこんな調子《ちょうし》のいいことを！」

鈴鬼《すずき》の絵馬《えま》をひろった美陽《みよ》は、目《め》をつりあげて鈴鬼《すずき》をにらみつけた。

「ほんまや！　おまえはおっこの広《ひろ》ーい心《こころ》で春《はる》の屋旅館《やりょかん》に居《い》そうろうさせてもらっとんねんぞ！」

ウリ坊《ぼう》が鈴鬼《すずき》の首《くび》をしめあげた。

「そうだったの？　鈴鬼《すずき》くんは、春《はる》の屋旅館《やりょかん》から出《で》たかったの？　そう……。じゃ、悲《かな》しいけどしかたないわね。」

おっこは静《しず》かにつぶやいた。

「よその旅館《りょかん》にごめいわくをかけてもいけないし、梅《うめ》の香神社《かじんじゃ》にお願《ねが》いして、いっそ鈴《すず》ごと封印《ふういん》を……。」

「うわ！　ちょ、ちょっと、おっこさん。冷静《れいせい》におそろしいこと言《い》わないでください！ほら！　もう！　ギユービッドさまがよけいなこと言《い》うから、こんな罪《つみ》のない小《ちい》さな願《ねが》いなのに空気悪《くうきわる》くなっちゃったじゃないですか。」

「おまえが角《かど》が立《た》つ願《ねが》いをしたからだろ！」

「自分《じぶん》が悪《わる》いんじゃないの！　もっとステキな願《ねが》いを思《おも》いつけないものなの？」

そう言《い》ったとたん、美陽《みよ》の手《て》から絵馬《えま》が浮《う》きあがり、龍《りゅう》がボボッと炎《ほのお》につつまれた。

「きゃ！　どうしたの⁉」

龍《りゅう》は天高《てんたか》くおどりあがり、空《そら》に向《む》かってゴーッ！　雲《くも》が焦《こ》げるような勢《いきお》いで火《ひ》をはいた。

「美陽《みよ》！　いったいどんな願《ねが》いごとしたんや！」

「た、たいしたことじゃないのよ。『本物《ほんもの》の暴《あば》れん坊《ぼう》！　金若様《きんわかさま》に会《あ》いたーい！』って。」

「なるほど。おじょうさんの熱《あつ》いファン魂《だましい》が『モエ龍《タツ》』を呼《よ》んだのですね。」

センダツが感心《かんしん》して、しみじみと言《い》った。「さすが、ふつうの『燃《も》え龍《たつ》』よりも何百倍《なんばい》ものエネルギーがある『萌《も》え龍《たつ》』。あの炎《ほのお》は天上《てんじょう》の建物《たてもの》まで焼《や》くかもしれませんね。」

「ええ？　天上《てんじょう》の建物《たてもの》って？」

「ここだと雲《くも》の上《うえ》はちょうどホテル魔宮《まきゅう》にあたります。」

「ホテル魔宮《まきゅう》だと？　それってまずいんじゃありませんか？　ギュービッドさま。」

「あ、ああ。あそこには……。」

鈴鬼《すずき》とギュービッドが顔《かお》を見《み》あわせたとき。

「あちあちあちーっ！　もうっ！　おしりが焦《こ》げるぅ！」

空《そら》から声《こえ》がした。見《み》あげると、旗《はた》をわきにはさみ、顔《かお》をしかめておしりをおさえている悪魔情《あくまじょう》が宙《ちゅう》にいた。

「げ！　悪魔情《あくまじょう》！　もう氷《こおり》は溶《と》けたのか？」

すると悪魔情《あくまじょう》はギューピッドをにらみつけて言《い》った。

「ええ。『モエ龍《タツ》』の火《ひ》で、ホテル魔宮《まきゅう》の床《ゆか》が鉄板《てっぱん》みたいに焼《や》けましたよ！　おかげで『たちまちアイスキャンディー魔法《まほう》』が溶《と》けましたけど！　悪魔《あくま》に黒魔法《くろまほう》をかけるなんて、ひどいことをしてくれましたね！　このマイナスポイントは大《おお》きいですよ！」

「ま、マイナスポイントって？」

「即刻帰《そっこくかえ》っていただきます！　魔界《まかい》ツアーはこれにておわり！　そこんとこ、よろしく！」

「ええーっ！　ろくにごちそうも食《た》べられなかったのに？」

「そうだ！　かまめしも食《く》ってないんだぞ！」

鈴鬼《すずき》とギューピッドがそろって、どなりかえした。

「あたしは楽《たの》しかったわ。ひさしぶりに人間《にんげん》になれた気分《きぶん》。ねえウリ坊《ぼう》。」

美陽《みよ》が声《こえ》をかけると、ウリ坊《ぼう》が「そやな！」と答《こた》えて、にやっと笑《わら》った。

「桃花《とうか》ちゃんとも遊《あそ》べたし。またいつかどこかで会《あ》いたいな。」

「わたしもです！」

「ほんまか？　それはうれしいなあ。」

「おじょうさんたち、ちゃんと願《ねが》いごとは書《か》きましたか？」

センダツが、おっことチョコにたずねてくれた。

「はい。」「はい。書《か》きました。」

「じゃあ、いそいで結《むす》んでいらっしゃい。」

「はあい。」

二人《ふたり》ならんで、絵馬《えま》を願《ねが》い板《いた》に結《むす》びつけたあと、チョコちゃんの絵馬《えま》を見《み》たおっこは、

「まあ！」

とおどろいて、チョコちゃんの顔《かお》を見《み》た。

「チョコちゃんも？」

「え？　おっこちゃんも？」

そして、二人《ふたり》でくすくすっと、笑《わら》いあった。

「そこのお二人《ふたり》！　いそいでください！　それぞれの世界《せかい》にもどっていただきますからね！　春《はる》の屋旅館《やりょかん》行《ゆ》きの方《かた》はこちら。黒魔女様御一行《くろまじょさまごいっこう》はこちらですよ。そこんとこ、よろしく！」

悪魔情《あくまじょう》にみちびかれて、行《い》った先《さき》には簡素《かんそ》なトイレの小屋《こや》があった。今《いま》にもはずれそうな粗末《そまつ》な木《き》のとびらがふたつならんでいる。

「えー、またトイレ⁉」

美陽《みよ》が顔《かお》をしかめた。

「しょうがないですよ。今回《こんかい》なぜか移動《いどう》アイテムがトイレ通《とお》しなんですから……。」

鈴鬼《すずき》にうらめしそうに見《み》つめられて、悪魔情《あくまじょう》のほっぺたが、ぴくついた。

「文句《もんく》があるなら作者《さくしゃ》たちに言《い》ってください。ああ、もういらだつ！　イラ龍《ダツ》がついてきそうですよ。黒魔女《くろまじょ》チームは右《みぎ》、春《はる》の屋組《やぐみ》は左《ひだり》へ、さっさと中《なか》に入《はい》ってください！」

「入《はい》ればいいんだろ、入《はい》れば！　忘年会《ぼうねんかい》ができないんじゃ、いたって意味《いみ》ないぜっ。」

「本当《ほんとう》ですよ！　さんざんな魔界《まかい》ツアーでしたよ！」

ぶつぶつ言《い》いながら、ギュービッドと鈴鬼《すずき》がトイレの中《なか》に入《はい》った。

「じゃあまたな！　桃花《とうか》ちゃん！　おもしろかったわ！」

「さよなら！　またね！」

ウリ坊《ぼう》と桃花《とうか》ちゃんが左右《さゆう》にわかれた。

「おい、美陽《みよ》！　はよ来《こ》い！」

ウリ坊《ぼう》に呼《よ》ばれて、美陽《みよ》もいっしょに左《ひだり》の個室《こしつ》に入《はい》った。

「じゃあ、チョコちゃん。」

「おっこちゃん。」

二人《ふたり》は、ぎゅっと手《て》をにぎりあった。

「おっこちゃんと……あたしの願《ねが》いがかなうといいね。」

「うん。きっとかなうよ。だって同《おな》じ願《ねが》いがふたつでしょ？　願《ねが》う力《ちから》も二倍《ばい》になるんじゃないかしら！」

「そうだね。絵馬《えま》も『ナラビ龍《タツ》』なんちゃって。」

「あはは！　チョコちゃんたら！　じゃあ、さよなら。」

「さよなら。」

手《て》をはなした二人《ふたり》が、それぞれの場所《ばしょ》への入《い》り口《ぐち》に片足《かたあし》を入《い》れたとき。

「おっこちゃん、あれ！　見《み》て！」

チョコちゃんが指《ゆび》さした。

「え？」

二人《ふたり》が見《み》たのは、社《やしろ》の上《うえ》にならんで空《そら》を泳《およ》いでいる、二匹《ひき》の小《ちい》さな龍《りゅう》だった。

「まあ！　あれ！　まさか……、ナラビ龍《タツ》？」

「そうみたい！」

「さあ、さあ、行《い》きますよ！　本当《ほんとう》に出発《しゅっぱつ》しますからね！　そこんとこ、よろしく！」

悪魔情《あくまじょう》が金切《かなき》り声《ごえ》をあげた。

二人《ふたり》は木《き》のとびらがしまる、最後《さいご》の最後《さいご》まで、のんびりと宙《ちゅう》を旋回《せんかい》する、二匹《ひき》ならんだ龍《りゅう》を見《み》ていた。

11　こんどこそ、ずっと……

「黒鳥《くろとり》さーん！　黒鳥《くろとり》さーん！」

ん？　だれかがあたしのこと、呼《よ》んでるけど。でも、魔界《まかい》ツアー御一行様《ごいっこうさま》の中《なか》で、あたしを「黒鳥《くろとり》さん」なんて呼《よ》ぶ人《ひと》はいないんだけど……。

「速達《そくたつ》でーす！」

なんだ、郵便配達《ゆうびんはいたつ》のおじさんか。

いや、待《ま》て。なんで、魔界《まかい》に郵便配達《ゆうびんはいたつ》のおじさんが？

「はーい、ごくろうさまぁ。」

ぱたぱたって足音《あしおと》をたてていくのは、ママ。

ってことは、ここは魔界《まかい》じゃない？

体《からだ》をおこすと、目《め》に飛《と》びこんできたのはコウモリマークのカーテンと魔法書《まほうしょ》の山《やま》。

あたしのお部屋《へや》じゃないのっ！　いつのまに、魔界《まかい》ツアーからもどってきたんだろ。ちょっと待《ま》って。たしか、若《わか》おかみのおっこちゃんといっしょに、リトル・ドラゴン村《むら》で、絵馬《えま》に願《ねが》いごとを書《か》いていたのよ。そうしたら、悪魔情《あくまじょう》さんがあらわれて、ツアーは中止《ちゅうし》だって言《い》われて、それからえええっと……。

「きゃあっ！」

玄関《げんかん》からのあの悲鳴《ひめい》は、ママ！　ど、どうしたの！

階段《かいだん》をかけおりていくと、ママが郵便受《ゆうびんう》けの前《まえ》で、しりもちついて、ふるえてる。

「へ、へび！」

はあ？　こんな住宅街《じゅうたくがい》にヘビなんか、いるわけが……。

あ。

頭《あたま》の上《うえ》に大《おお》きな目《め》がぽこん。長《なが》いひげに、ちっちゃな角《つの》。背中《せなか》には、よろいみたいにかたそうなひれがいくつもくっついてる、手《て》のひらサイズの……。

「リトル・ドラゴン……。」

思《おも》わずつぶやいたあたしに、ママ、あぜん。

「千代子《ちよこ》。あなた、だいじょうぶ？　オカルトの本《ほん》ばかり読《よ》みすぎて、現実《げんじつ》の世界《せかい》とのさかいめがわからなくなってるんじゃ……。」

「ちがいますよ、おばさま！」

あ、桃花《とうか》ちゃん！　っていうか、今《いま》はおとなりに住《す》む同級生《どうきゅうせい》、大形京《おおがたきょう》くんの妹《いもうと》の、大形《おおがた》モモちゃんとして、かけつけてくれたわけだけど……。

「それは、バーネットの名作《めいさく》『リトル　プリンセス—小公女《しょうこうじょ》—』のことですよ。」

「はあ？」「はあ？」

最初《さいしょ》のはママで、あとのはあたし。桃花《とうか》ちゃん、いったいなにを言《い》いだすの。

「あのお話《はなし》の中《なか》で、セーラは夢見《ゆめみ》る少女《しょうじょ》なんです。で、リトル・ドラゴンに連《つ》れられてドラゴンの国《くに》へ行《い》くという夢《ゆめ》を見《み》て……。」

真《ま》っ赤《か》なうそです！　桃花《とうか》ちゃん、いくらなんでもそれはめちゃくちゃ……。

「ついでに、リトルマーメイドに連《つ》れられて、ディズニーランドに行《い》く夢《ゆめ》も見《み》て……。」

いいかげんにしてくださいっ。

「いいんですよ、おねえちゃん。ほら、ママさん、すっかりあきれて、リトル・ドラゴンさんのことを忘《わす》れてるじゃないですか。『口《くち》が立《た》つ』と、うまくごまかせるんです。」

『口《くち》が立《た》つ』？　な、なんか、ひっかかるね。

あ、リトル・ドラゴンさんも、なにか言《い》いたそうに、門《もん》のかげでもじもじしてるけど。

桃花《とうか》ちゃんは、そんなドラゴンさんにむかって、小《ちい》さく手《て》をふった。

「『ソク龍《タツ》』さん、たしかに受《う》けとりました。ありがとう。ママさんに見《み》つからないうちに、リトル・ドラゴン村《むら》に帰《かえ》ってね。」

あー、『速達《そくたつ》』だから『ソク龍《タツ》』ね。じゃあ、『口《くち》が立《た》つ』はいったい……。

「おねえちゃん、お部屋《へや》で、リトル・ドラゴン村《むら》からのお手紙《てがみ》を読《よ》みましょうよ。」

お手紙《てがみ》？　リトル・ドラゴン村《むら》から？　だって、ついさっき帰《かえ》ってきたばかりなのに。

あっけにとられているママを玄関《げんかん》にのこして、あたしたちは、お部屋《へや》にあがった。

「センダツさんからですよ、これ。」

桃花《とうか》ちゃんが見《み》せてくれたのは、クリスマスカードくらいの大《おお》きさの、そして、透《す》きとおるような青《あお》い封筒《ふうとう》。下《した》のほうに、流《なが》れるような文字《もじ》で、『センダツ』って書《か》いてあって。

桃花《とうか》ちゃんが、封《ふう》のすきまに、ふっと息《いき》をふきこむと、音《おと》もなく封《ふう》が開《ひら》いた。

なんか、魔界《まかい》っぽくて、いいね。

「あっ、お手紙《てがみ》が入《はい》ってますよ。」

桃花《とうか》ちゃんがとりだしたのも、やっぱり透《す》きとおるような青《あお》い便《びん》せん。

開《ひら》いてみて、びっくり。便《びん》せんそのものが、まるで、まばゆい夏《なつ》の陽射《ひざ》しに輝《かがや》く、きれいな川《かわ》の水《みず》みたいなの。

よく見《み》ると、ゆらめく水面《すいめん》の上《うえ》をおどる光《ひかり》が文字《もじ》になってる……。

見習《みなら》い黒魔女《くろまじょ》の黒鳥千代子《くろとりちよこ》さま
リトル・ドラゴン村《むら》においでいただきありがとうございました。村《むら》を代表《だいひょう》して、センツがお礼《れい》をもうしあげます。
黒鳥千代子《くろとりちよこ》さまが書《か》かれた絵馬《えま》の願《ねが》い、さっそく聞《き》きとどけられました。
これからは、ご自分《じぶん》で絵馬《えま》に書《か》かれた願《ねが》いごとを、太陽《たいよう》に向《む》かって毎日《まいにち》一度《ど》、つぶやいてください。効《き》きめは、一生《いっしょう》、変《か》わらないことをお約束《やくそく》します。

そうなんだ！　やったー！

「いいですね、おねえちゃん。で、あたしのお願《ねが》いは、どうなったんでしょう？」

初段黒魔女《しょだんくろまじょ》のギューピッドさま
ギューピッドさまの絵馬《えま》の願《ねが》い、あまりに邪悪《じゃあく》すぎて、聞《き》きとどけられる見《み》こみはないこと、お伝《つた》えいたします。

一級黒魔女《きゅうくろまじょ》の桃花《とうか》・ブロッサムさま
桃花《とうか》さまの絵馬《えま》の願《ねが》い、一部《いちぶ》にまちがいがありました。
『桃花《とうか》とウリ坊《ぼう》、口《くち》が立《た》つ二人《ふたり》として、人間界《にんげんかい》でがんばれますように。』
ではなく、正《ただ》しくは、
『桃花《とうか》とウリ坊《ぼう》、弁《べん》が立《た》つ二人《ふたり》として、人間界《にんげんかい》でがんばれますように。』
です。同封《どうふう》の絵馬《えま》に、正《ただ》しいことばを書《か》いて、至急《しきゅう》、送《おく》りかえしてください。

「そんな！　あたしも『弁《べん》が立《た》つ』が正《ただ》しいんじゃないかと思《おも》ったんですよ。でも、ウリ坊《ぼう》さん、『そら、おかしいで。口《くち》が立《た》つ、やろ。』とか言《い》っちゃって。もう！　悪魔情《あくまじょう》さん！　すぐに書《か》きなおすから、センダツさんにとどけて！」

桃花《とうか》ちゃん、泣《な》きそうな顔《かお》で絵馬《えま》を持《も》って、飛《と》びだしてったよ。

ま、だいじょうぶでしょ。送《おく》りかえせばいいだけらしいから。

……でも、よかった。あたしとおっこちゃんの願《ねが》いはかなうんだね。

前《まえ》は忘却魔法《ぼうきゃくまほう》をかけられちゃったけど、こんどはちがうんだよ。

もう二度《にど》と忘《わす》れないですむんだ、大切《たいせつ》なお友《とも》だちのこと。

たとえ、遠《とお》くはなれて住《す》んでいても、いっしょに書《か》いたお願《ねが》いを、一日《にち》に一度《ど》、太陽《たいよう》に向《む》かってつぶやけば、ね。

「ずーっとおっこちゃんとなかよしでいられますように。」

あら？　あかね色《いろ》の雲《くも》が、するするっとのびて、ドラゴンみたいになったけど……。

「あっ、ナラビ龍《タツ》？」

ふふふ、ナラビ龍《タツ》さん、しっぽふってる。

あたしとおっこちゃんのこと、よろこんでくれてるんだよ。
ありがとう!

☆

「エツコさん、あんずの間《ま》のお客様《きゃくさま》、おビール、三本追加《ぼんついか》です! おっこ! やまぶきの間《ま》にお茶《ちゃ》をお持《も》ちして!」

春《はる》の屋旅館《やりょかん》に、おばあちゃんの声《こえ》が響《ひび》いた。

「はーい!」「はい! ただいま!」

おっことエツコさんの声《こえ》が、それにこたえる。

今日《きょう》は、あんずの間《ま》で花《はな》の湯温泉協会《ゆおんせんきょうかい》の忘年会《ぼうねんかい》。ほかのお部屋《へや》も予約《よやく》がいっぱいで、いつにもまして、大《おお》いそがしだった。

「ふう。」

ろうかのすみで汗《あせ》をふく。外《そと》は寒《さむ》いけれど、着物《きもの》で立《た》ち働《はたら》くと体《からだ》がぽかぽかする。

(なんだか今日《きょう》は一日《にち》が長《なが》い気《き》がするわ。さっき見《み》た長《なが》い夢《ゆめ》のせいかな。)

いつのまに寝《ね》てしまったのか、はっきりしないのだけれど、気《き》がついたらおっこは、はなれの居間《いま》でうたた寝《ね》していたのだ。

時計《とけい》を見《み》たら、お昼前《ひるまえ》。

チェックアウトのお客様《きゃくさま》をお見送《みおく》りしたことまでは、おぼえているから、そのあとちょっと休《やす》むつもりで、ついうとうとしてしまったのだろう。めずらしく、ウリ坊《ぼう》も美陽《みよ》も鈴鬼《すずき》も姿《すがた》をあらわさなかったから、部屋《へや》もしいんと静《しず》かだった。

(それにしても、にぎやかで、おもしろい夢《ゆめ》を見《み》たわ。映画《えいが》でも見《み》ていたみたい……。)

それは、ウリ坊《ぼう》や美陽《みよ》や鈴鬼《すずき》もいっしょに、おおぜいの仲間《なかま》と旅《たび》をする夢《ゆめ》だった。

(ちょっと変《か》わってるけど、ゆかいですてきなみんなだったわね! 豪華《ごうか》なホテルについたと思《おも》ったら、大《おお》いそぎでこたつの中《なか》に飛《と》びこんで、そしたら滝《たき》に出《で》て、それから……。)

あらためて思《おも》いだそうとしていたら、ウリ坊《ぼう》がやってきた。

「おー! おっこ。」

「あら、ウリ坊《ぼう》、今《いま》まで寝《ね》てたの?」

「おっこは元気《げんき》やなー。さすがにあれは疲《つか》れたわ。美陽《みよ》もまだ寝《ね》てるで。鈴鬼《すずき》も鈴《すず》の中《なか》でいびきかいとるわ。」

「ええ？　あれって？」

「なんや？　おっこ。魔界《まかい》に行《い》ったことやないか。まさか、また忘却魔法《ぼうきゃくまほう》かけられたんやないやろな？」

「魔界《まかい》って、ええと、あの……。」

そのとき、玄関《げんかん》で声《こえ》がした。

「春《はる》の屋《や》さーん！　速達《そくたつ》でーす！」

「あ、はーい！」

おっこが玄関《げんかん》へ出《で》ていくと。そこにはいつもの郵便配達《ゆうびんはいたつ》のおじさんはいなかった。

「だれもいないのに声《こえ》が？　あら!?」

よく見《み》ると、手《て》のひらサイズのとかげのようなものが、一匹《ぴき》、宙《ちゅう》でゆらゆらしっぽをふっていた。

「あなたは、センダツさん……？」

思《おも》わずそうつぶやいて、自分《じぶん》の頭《あたま》をぺしっとたたいた。

「まさか！　それはさっきの夢《ゆめ》の中《なか》に出《で》てきたリトル・ドラゴンさんで……。」

「おっこ！　それは夢《ゆめ》やないで！　これはリトル・ドラゴン村《むら》からの郵便《ゆうびん》を速達《そくたつ》で運《はこ》んできた、『ソク龍《タツ》』さんや。」

「ソクタツさんですって？」

「センダツさんからお手紙《てがみ》です。」

ソクタツは青《あお》い封筒《ふうとう》をさしだした。おっこは、それをおそるおそる受《う》けとった。

ソクタツは、一回《かい》しっぽをふるると、ひゅっと飛《と》んでいって消《き》えてしまった。

「センダツさん、なんて？　はよ、読《よ》んでみようや。」

「え、ええ。」

おっこは、少《すこ》し大《おお》きめの、透《す》きとおるような青《あお》い封筒《ふうとう》をあけようとした。すると、封筒《ふうとう》の中《なか》からふわっとやさしい風《かぜ》が吹《ふ》いて、封《ふう》が自然《しぜん》に開《ひら》いた。そして、透《す》きとおるような青《あお》い便《びん》せんが、風《かぜ》におどるように開《ひら》いて、おっこの手《て》のひらにそうっとのった。

「まあ、きれい！」

便《びん》せんは、川《かわ》を切《き》りとったようだった。まばゆい夏《なつ》の陽射《ひざ》しをうけて、澄《す》んだ流《なが》れがきらきらと光《ひかり》を反射《はんしゃ》させている。

のぞきこんでみると、水《みず》の面《おもて》にゆらめきおどる光《ひかり》が、文字《もじ》になった。

若《わか》おかみの関織子《せきおりこ》さま

リトル・ドラゴン村《むら》においでいただきありがとうございました。村《むら》を代表《だいひょう》して、センダツがお礼《れい》をもうしあげます。

関織子《せきおりこ》さまが書《か》かれた絵馬《えま》の願《ねが》い、さっそく聞《き》きとどけられました。

これからは、ご自分《じぶん》で絵馬《えま》に書《か》かれた願《ねが》いごとを、太陽《たいよう》に向《む》かって毎日《まいにち》一度《ど》、つぶやいてください。効《き》きめは、一生《いっしょう》、変《か》わらないことをお約束《やくそく》します。

(絵馬《えま》！　そうだわ！　あたし、チョコちゃんといっしょに。そうだ、チョコちゃんと同《おな》じ願《ねが》いごとを絵馬《えま》に書《か》いたんだ！)

たくさんの楽《たの》しい記憶《きおく》が、いっせいに、そしてあざやかにあふれだしてきた。

(あれは全部《ぜんぶ》、夢《ゆめ》じゃなかったんだわ！　夢《ゆめ》じゃなかったんだ！)

おっこは、あんまりうれしすぎて、思《おも》わずわあっとさけびだしたくなった。

「ウリ坊《ぼう》！　あたしの願《ねが》いごとがかなうんですって！」
「おっこ、よかったな！　っと、まだなんか書《か》いてあるわ。」
ウリ坊《ぼう》の言《い》うとおり、手紙《てがみ》はそこでおわっていなかった。

鬼族《おにぞく》の鈴鬼《すずき》さま
鈴鬼《すずき》さまの絵馬《えま》の願《ねが》い、あまりに邪悪《じゃあく》すぎて、聞《き》きとどけられる見《み》こみのないこと、お伝《つた》えいたします。

ユーレイの美陽《みよ》さま
美陽《みよ》さまの願《ねが》い、かなえるべく、関係各方面《かんけいかくほうめん》に調整中《ちょうせいちゅう》でございます。おそれいりますが、今《いま》しばらくお待《ま》ちくださいますよう、お願《ねが》いいたします。

ユーレイのウリ坊《ぼう》さま
ウリ坊《ぼう》さまの絵馬《えま》の願《ねが》い、一部《いちぶ》にまちがいがありました。

『桃花《とうか》とウリ坊《ぼう》、口《くち》が立《た》つ二人《ふたり》として、人間界《にんげんかい》でがんばれますように。』

ではなく、正《ただ》しくは、

『桃花《とうか》とウリ坊《ぼう》、弁《べん》が立《た》つ二人《ふたり》として、人間界《にんげんかい》でがんばれますように。』

です。同封《どうふう》の絵馬《えま》に、正《ただ》しいことばを書《か》いて、至急《しきゅう》、送《おく》りかえしてください。


「なんやて！　わいも『弁《べん》が立《た》つ』が正《ただ》しいんじゃないかと思《おも》ったんや。なのに、桃花《とうか》ちゃん、『それはおかしいです。口《くち》が立《た》つ、ですよ。』とか言《い》ったんや。こうなったら、悪《あく》魔情《まじょう》さんを呼《よ》んで、書《か》きなおしをすぐにとどけてもらわなあかんで。あ、そやけど、おれ、ペン持《も》たれへんな。しょうがない、鈴鬼《すずき》を起《お》こして書《か》かせるか！」

ウリ坊《ぼう》がそう言《い》いながら、すーっとはなれのほうに飛《と》んでいく背中《せなか》におっこは言《い》った。

「美陽《みよ》ちゃんの願《ねが》いもかなえないそうだって、伝《つた》えてあげたら？　きっと、大《おお》よろこびするわよ。」

「おう！　そやな！」

ウリ坊《ぼう》が行《い》ったあと、おっこは便《びん》せんをたたんで、たもとに入《い》れた。それから、ぞうりに足《あし》を入《い》れて、前庭《まえにわ》に出《で》た。

真《ま》っ赤《か》な夕日《ゆうひ》が、空《そら》を染《そ》めていた。

「……ずーっとチョコちゃんとなかよしでいられますように。」

おっこは太陽《たいよう》に向《む》かって、その、絵馬《えま》に願《ねが》ったことばをつぶやいた。

すると、あかね色《いろ》の雲《くも》がするすると細長《ほそなが》くのびて、波《なみ》のようにうねる形《かたち》になった。

「ま、あれはきっと、ナラビ龍《タツ》だわ！」

思《おも》わず笑《わら》い声《ごえ》をあげたおっこのほおを、冬《ふゆ》の夕日《ゆうひ》が赤《あか》く染《そ》めていた。

ずっと
おっこちゃんと
なかよしで
いられます
ように
ずっと
チョコち
なかよしで
いられます
ように

この本《ほん》にご出演《しゅつえん》の読者《どくしゃ》キャラ

『黒魔女《くろまじょ》さんが通《とお》る!!』シリーズには,読者《どくしゃ》のアイデアから生《う》まれたキャラクター(読者《どくしゃ》キャラ)や魔法《まほう》(読者魔法《どくしゃまほう》)がたくさん登場《とうじょう》,大活躍《だいかつやく》しています。あなたのアイデアで,『黒魔女《くろまじょ》さんが通《とお》る!!』をもっともっとおもしろくしてね。青《あお》い鳥文庫《とりぶんこ》のホームページ(http://shop.kodansha.jp/bc/aoitori/)の中《なか》にある,『黒魔女《くろまじょ》さんのキャラ&《アンド》魔法《まほう》をつくろう』でまってます!

桃花《とうか》・ブロッサム　提案者／森泉菜々
悪魔情《あくまじょう》　提案者／榊原智美
マリア・サンクチュアリ　提案者／松本かなえ　アイデア採用　佐々木菜月
華童亜沼《かどうあぬま》　提案者／森泉菜々　杉田佳凛　アイデア採用　加瀬央子
向井里鳴《むかいりお》　提案者／山崎樹里　大内志津佳
藍川結実《あいかわゆみ》　提案者／名古屋実和
要《かなめ》　陸《りく》　提案者／亀谷実紀
鈴風《すずかぜ》さやか　提案者／熊崎菜穂

画面《がめん》に入《はい》れる魔法《まほう》　提案者／岩間朱莉　アイデア採用　後藤遥菜
黒魔女《くろまじょ》しつけ協会《きょうかい》　提案者／金田夏帆
胡蝶夢《こちょうむ》　提案者／平野真理菜
三月《さんがつ》うさぎの時計店《とけいてん》　提案者／岸百合子

コラボあとがきにかえて

令丈《れいじょう》ヒロ子《こ》×石崎洋司《いしざきひろし》

石崎《いしざき》（以下《いか》I）「コラボってもともとのきっかけはなんなんだっけ？」
令丈《れいじょう》（以下《いか》R）「黒魔女《くろまじょ》さんのサイトに、おっこちゃんが出《で》たのがきっかけだったの。ゲストでちょっと出《で》て、鈴鬼《すずき》がおどすんですよね、黒魔女《くろまじょ》に出《で》てくる『若頭《わかがしら》は小学生《しょうがくせい》！』というのはパクりだろうって。石崎《いしざき》さんが最初《さいしょ》、シナリオみたいのを書《か》いてメールで送《おく》ってくれて。」
I「そうだ！　わすれてたよ。」
R「それで、わたしが、こうしたらもっとおもしろいよ！ってメールしたら、石崎《いしざき》さんがすぐにそれに書《か》きたして、どんどん長《なが》くなっちゃって。結果的《けっかてき》に『サイトには長《なが》すぎます』って編集部《へんしゅうぶ》からクレームが出《で》た（笑《わらう》）。でも、楽《たの》しかったなあって印象《いんしょう》が残《のこ》ったの。それで、編集部《へんしゅうぶ》から、ふたりでひとつの作品《さくひん》を書《か》きませんかって言《い》われたときに、そのときのことがよみがえって。」
――それが「あなたに贈《おく》る物語《ものがたり》」の「おっことチョコの冬休《ふゆやす》み」ですよね。
R「最初《さいしょ》は、章《しょう》ごとに交代《こうたい》でひとつの話《はなし》を書《か》くって決《き》めて。それで、あの短編《たんぺん》を読《よ》んだ人《ひと》に言《い》われたのが、最初《さいしょ》は、どちらが書《か》いているかわかったけど、後半《こうはん》はもうわかんなくなったって。」
I「おたがい相手《あいて》の地《じ》の文《ぶん》（セリフじゃない文《ぶん》）までいじりまくってたからね。」

●魔界《まかい》の恐怖《きょうふ》

I「短編《たんぺん》も無事《ぶじ》終《お》わって、去年《きょねん》、いっしょに取材旅行《しゅざいりょこう》に行《い》ったときに、ホラー映画《えいが》っぽく畳《たたみ》がぱんぱんってあがるのを令丈《れいじょう》さんが書《か》きたいといって。今回《こんかい》はそこからはじまったんだよね。」

R「そうそう。それと絵馬《えま》の話《はなし》。あれはほとんど実話《じつわ》ですもんね。(笑《わらう》)」

I「ぼくとしては、これでコラボは書《か》ける、と。でも、そうもいかなくて。魔界《まかい》に行《い》って、ファンタジーになってから『やばい!』って思《おも》ったんだ。」

R「現実世界《げんじつせかい》なら、チョコの部屋《へや》とか黒魔女《くろまじょ》の設定《せってい》とか、春《はる》の屋《や》の間取《まど》りとかあるんだけど、なにも相談《そうだん》しないで魔界《まかい》へ行《い》っちゃったから、まさに『地図《ちず》のない旅《たび》』!(笑《わらう》)ホテル魔宮《まきゅう》から出《で》てしまったとき、この先《さき》どうなるのかなあって。空《そら》の色《いろ》ひとつわからないので、七色《なないろ》の雲《くも》がどろどろとうずまいていたとか、むかし読《よ》んだマンガを思《おも》いだして書《か》いたりとかして。」

I「それ、ぼくの書《か》いた章《しょう》にはいっているんだけど、令丈《れいじょう》さんの書《か》いたのをそのまま使《つか》った。」

R「あれ読《よ》んでね、石崎《いしざき》さんと心《こころ》がつうじててよかった、これ残《のこ》ってるわ!と思《おも》った。」

I「でもね、ファンタジーってほんとは『出《で》る』のがむずかしいんだよ。どうやって異界《いかい》に出《で》るか。今回《こんかい》もこたつから外《そと》に出《で》るでしょう。なぜこたつが外《そと》へのトンネルなんだって考《かんが》えて考《かんがえ》て。こたつ、こたつ、こ、たつ。小《ちい》さいたつ、リトルドラゴン、これだーって(笑《わらう》)。」

●おたがいのキャラを書《か》く

R「最初《さいしょ》、悪魔情《あくまじょう》とか桃花《とうか》ちゃんのセリフが書《か》けないと思《おも》ったんだけど、やってるうちにだんだんおもしろくなってきて。最後《さいご》のあたりでは悪魔情《あくまじょう》くんと別《わか》れがたくなっちゃいましたね。」

I「今回《こんかい》は人数《にんずう》が多《おお》かったよね。魔界《まかい》に行《い》ってからずっと七人《にん》の団体旅行《だんたいりょこう》。自分《じぶん》が書《か》いてるキャラ以外《いがい》のキャラがどこにいるか考《かんが》えながら書《か》くのがけっこうたいへんだった。」

R「あっちもこっちもださないと、出番《でばん》がなくなっちゃうしね。センダツさんとか、新《あたら》しいキャラはセリフとかも手探《てさぐ》りだし。移動《いどう》するときの飛《と》び方《かた》も、ものすごいこわごわ書《か》いてた（笑《わらう》）。」

I「メデューサ仲居《なかい》ってだれが思《おも》いついたの？」

R「石崎《いしざき》さんじゃないの？　わたしはポルターガイストみたいにひとりでに畳《たたみ》があがることしか考《かんが》えてなかったら、そこからどうするのかなあって思《おも》ってたの。」

I「そうだ！　そっからなにが出《で》てくるのかなあって考《かんが》えたんだ。で、なにも決《き》めてないじゃんって（笑《わらう》）。できあがっちゃうと、どっちが書《か》いたか、わすれちゃうんだよね。」

●「小《こ》ネタ」と「情《じょう》」

R「そういえば、ギャグをどう生《い》かすかを話《はな》しあったときに、『そこをけずったら黒魔女《くろまじょ》になららない、黒魔女《くろまじょ》は小《こ》ネタをぜったい削《けず》らないんだ！』って熱《あつ》いやりとりになって。」

I「そうそう。黒魔女《くろまじょ》は小《こ》ネタを生《い》かすためなら、ストーリーも変《か》えちゃう。」

R「若《わか》おかみは、『情《じょう》』と、キャラの勢《いきお》い重視《じゅうし》ですね。11巻《かん》の鈴鬼王子《すずきおうじ》の話《はなし》も、もとは短編《たんぺん》の案《あん》だったんですが、おもしろくて長《なが》くなりそうだから本編《ほんぺん》にしよう、とか。」

I「鈴鬼《すずき》はおかしいよね。ギュービッドと話《はな》しが合《あ》うし、コラボだと大活躍《だいかつやく》するよね。」

R「若《わか》おかみには、ほかに邪悪《じゃあく》なキャラがいないのでね。魔界《まかい》とつなぐのがあの子《こ》しかいないでしょ。悪《わる》だくみしたりとか、風穴《かざあな》あけるのが鈴鬼《すずき》しかいないので。キー鬼《おに》ですよぉ。」

I「鈴鬼《すずき》がいなかったら、コラボにならなかったかもね。」

●またまたコラボもある？

R「あとね、あのラストシーンの『水《みず》の手紙《てがみ》』のような、さわやかなものとおっこちゃんっていうのもいいなって。いろんなシーンが思《おも》い浮《う》かんで、イメージがふくらみましたね。」

I「あれは、なにかファンタジーなものがほしいなと思《おも》ったら、すっと出《で》てきたんだ。」

R「最後《さいご》は夕日《ゆうひ》だし、配色《はいしょく》も美《うつく》しくて。色《いろ》の印象《いんしょう》って強《つよ》いですよね。こっちは『情《じょう》』だから、最《さい》後《ご》は暖色《だんしょく》でまとめることが多《おお》いんですよ、夕焼《ゆうや》けとか、もみじとか。」

I「なるほどね。黒魔女《くろまじょ》は、魔界《まかい》の場合《ばあい》には、ヨーロッパのお城《しろ》の空気《くうき》。乾《かわ》いた空気《くうき》で、そこで映《は》える花《はな》ってなんだろうって思《おも》うとブルーだったりね。」

R「若《わか》おかみの世界《せかい》は湯気《ゆげ》がないとだめだから(笑《わらう》)。ブルーっぽいものとかクールなものがかぎになることはあまりないので、あそこで水《みず》が出《で》たのはよかったと思《おも》いました。」

I「まあ、龍《りゅう》は水神《すいじん》だからね。滝《たき》も出《で》てきたし。トイレ通《とお》しで、悪魔情《あくまじょう》はギュービッドさまの黒《くろ》魔法《まほう》で凍《こお》ってるしね。」

R「で、打開《だかい》するときは、炎《ほのお》とか火《ひ》が出《で》る。」

——ぴったりまとまってますねぇ。

I「しかし、ファンタジーでまたコラボをやるというのはキツイ(笑《わらう》)。次回《じかい》やるとしたらね、たとえば、前回《ぜんかい》は春《はる》の屋旅館《やりょかん》に行《い》ったから、次《つぎ》は第《だい》一小学校《しょうがっこう》にきていただくとかしてね、」

R「うんうん、」

I「現実世界《げんじつせかい》だったらもう楽勝《らくしょう》!」

*ということで、3回目《かいめ》のコラボもあるかも!? あなたも、おっこちゃんとチョコちゃんのこんなお話《はなし》が読《よ》みたいっていうおたよりをぜひ編集部《へんしゅうぶ》あてに送《おく》ってね。

シリーズ累計《るいけい》90万部《まんぶ》突破《とっぱ》！

『黒魔女《くろまじょ》さんが通《とお》る!!』

part《パート》 1 ～ part《パート》 8

好評発売中《こうひょうはつばいちゅう》～！

「あたし、チョコこと黒鳥《くろとり》千代子《ちよこ》です。
あたしが通《かよ》う第一小学校《だいいちしょうがっこう》の五年《ねん》一組《くみ》は、
キャラの濃《こ》いひとばかりで毎日《まいにち》、大騒動《おおそうどう》なの！
おうちに帰《かえ》れば、うっかり呼《よ》びだしてしまった、
インストラクター黒魔女《くろまじょ》ギュービッドさまが
まちかまえていて。
ギュービッドの厳《きび》しい指導《しどう》のもと、
つら～い黒魔女修行《くろまじょしゅぎょう》にはげむ日々《ひび》なのです。
いつか魔力《まりょく》をすべて身《み》につけたら、
ふつうの女《おんな》の子《こ》にもどりたい……。
みんな、応援《おうえん》してね！」

まだまだあるよ！
おっことチョコの活躍《かつやく》するお話《はなし》。

いつもの青《あお》い鳥文庫《とりぶんこ》よりひとまわり大《おお》きな短編集《たんぺんしゅう》。
ふたりのはじめてのコラボや、はじまりのお話《はなし》など、
「若《わか》おかみ」「黒魔女《くろまじょ》」ファンなら、見逃《みのが》せない短編《たんぺん》が！

「黒魔女《くろまじょ》さん、若《わか》おかみに会《あ》いにいく
―おっことチョコの冬休《ふゆやす》み―」
（青《あお》い鳥文庫《とりぶんこ》スペシャル短編集《たんぺんしゅう》『あなたに贈《おく》る物語《ストーリー》』収録《しゅうろく》）
コラボ第《だい》一弾《だん》はこれ！
おっこちゃんとチョコちゃんの最初《さいしょ》の出会《であ》いの話《はなし》が読《よ》めるよ！

「黒魔女《くろまじょ》さんが通《とお》る!!」
（青《あお》い鳥文庫《とりぶんこ》25周年記念短編集《しゅうねんきねんたんぺんしゅう》
『おもしろい話《はなし》が読《よ》みたい！（青龍編《せいりゅうへん》）』収録《しゅうろく》）
チョコとギュービッドさまの出会《であ》いのお話《はなし》が読《よ》めるよ！

「若《わか》おかみは小学生《しょうがくせい》！　番外編《ばんがいへん》
鈴鬼《すずき》くんのすてきなイトコ？」
（青《あお》い鳥文庫《とりぶんこ》25周年記念短編集《しゅうねんきねんたんぺんしゅう》
『おもしろい話《はなし》が読《よ》みたい！（白虎編《びゃっこへん》）』収録《しゅうろく》）
鈴鬼《すずき》くんのいとこ、魔幸《まこう》ちゃんが登場《とうじょう》する、番外編《ばんがいへん》が読《よ》めるよ！

＊著者紹介

令丈《れいじょう》ヒロ子《こ》

1964年1月31日大阪府生まれ。水瓶座のO型。嵯峨美術短期大学（現・京都嵯峨芸術大学）卒業。講談社児童文学新人賞に応募した作品で注目され，1990年『ぽよよんのみ』（講談社）で作家デビュー。『若おかみは小学生！』シリーズ（既刊11巻・以下続刊）は小学生に圧倒的な人気。そのほかおもな著書に『スーパーキッド・Dr.《ドクター》リーチ』シリーズ，『ホンマに運命？』シリーズ（以上すべて講談社），『レンアイ@委員』シリーズ（理論社），『ダイエットパンチ！』シリーズ（ポプラ社），『S力人情商店街』シリーズ（岩崎書店）ほか多数。

石崎洋司《いしざきひろし》

1958年3月21日東京都生まれ。ぎりぎりで魚座のA型。慶応大学卒業後，出版社に勤める。『ハデル聖戦記』（岩崎書店）で作家デビュー。『黒魔女さんが通る!!』シリーズ（既刊8巻・以下続刊）は小学生に爆発的な人気。そのほかおもな著書に『カードゲーム』シリーズ，『チェーン・メールずっとあなたとつながっていたい』『トーキョー・ジャンヌダルク①追っかけ！』（以上すべて講談社），『マジカル少女レイナ』シリーズ（岩崎書店），「Fragile—こわれもの」（ポプラ社）ほか多数。

＊画家紹介

亜沙美《あさみ》

1977年4月14日大阪府生まれ。牡羊座のA型。京都芸術短期大学（現・京都造形芸術大学）ビジュアルデザインコース卒業。'01年，講談社フェーマススクールズコミックイラスト・グランプリ佳作入選。『若おかみは小学生！』シリーズのほか，おもな挿し絵の仕事に『ぼくのプリンときみのチョコ』『ボーイズ・イン・ブラック』シリーズ（以上すべて講談社），『テリアさんとぼく』（岩崎書店）など。公式サイト「楽心画報」（http://www.ne.jp/asahi/rakushin/asami/）

藤田《ふじた》　香《かおり》

関西出身。1月生まれ。水瓶座のB型。『黒魔女さんが通る!!』シリーズのほか，おもな挿し絵の仕事に『リトル　プリンセス―小公女―』（講談社青い鳥文庫）ほか，書籍，雑誌，ゲームなどのイラストで幅広く活躍中。好きなものはカエル。世界遺産系のテレビを見て，いつかいっぱいよその国に行ってみたいなと願う日々。公式サイト「Fs5」（http://homepage3.nifty.com/fs5/）

講談社 青い鳥文庫　505-1

おっことチョコの魔界《まかい》ツアー

令丈《れいじょう》ヒロ子《こ》×石崎洋司《いしざきひろし》

2008年3月14日　第1刷発行

2008年4月9日　第2刷発行

（定価はカバーに表示してあります。）

発行者　野間佐和子

発行所　株式会社講談社

東京都文京区音羽2-12-21　郵便番号112-8001

電話　出版部（03）5395-3536

販売部（03）5395-3625

業務部（03）5395-3615

N.D.C.913　158p　18cm

装　丁　久住和代

印　刷　図書印刷株式会社

製　本　図書印刷株式会社

本文データ制作　講談社プリプレス制作部

Printed in Japan

ISBN978-4-06-285013-1

（落丁本・乱丁本は，購入書店名を明記のうえ，講談社業務部あてにお送りください。送料小社負担にておとりかえします。）

■この本についてのお問い合わせは，講談社児童局
「青い鳥文庫」係にご連絡ください。

「講談社《こうだんしゃ》 青《あお》い鳥文庫《とりぶんこ》」刊行《かんこう》のことば

太陽《たいよう》と水《みず》と土《つち》のめぐみをうけて、葉《は》をしげらせ、花《はな》をさかせ、実《み》をむすんでいる森《もり》。小《こ》鳥《とり》や、けものや、こん虫《ちゅう》たちが、春《はる》・夏《なつ》・秋《あき》・冬《ふゆ》の生活《せいかつ》のリズムに合《あ》わせてくらしている森《もり》。森《もり》には、かぎりない自然《しぜん》の力《ちから》と、いのちのかがやきがあります。

本《ほん》の世界《せかい》も森《もり》と同《おな》じです。そこには、人間《にんげん》の理想《りそう》や知恵《ちえ》、夢《ゆめ》や楽《たの》しさがいっぱいつまっています。

本《ほん》の森《もり》をおとずれると、チルチルとミチルが「青《あお》い鳥《とり》」を追《お》い求《もと》めた旅《たび》で、さまざまな体験《たいけん》を得《え》たように、みなさんも思《おも》いがけないすばらしい世界《せかい》にめぐりあえて、心《こころ》をゆたかにするにちがいありません。

「講談社《こうだんしゃ》 青《あお》い鳥文庫《とりぶんこ》」は、七十年《ねん》の歴史《れきし》を持《も》つ講談社《こうだんしゃ》が、一人《ひとり》でも多《おお》くの人《ひと》のために、すぐれた作品《さくひん》をよりすぐり、安《やす》い定価《ていか》でおおくりする本《ほん》の森《もり》です。その一さつ一さつが、みなさんにとって、青《あお》い鳥《とり》であることをいのって出版《しゅっぱん》していきます。この森《もり》が美《うつく》しいみどりの葉《は》をしげらせ、あざやかな花《はな》を開《ひら》き、明日《あす》をになうみなさんの心《こころ》のふるさととして、大《おお》きく育《そだ》つよう、応援《おうえん》を願《ねが》っています。

昭和《しょうわ》五十五年《ねん》十一月《がつ》

講　談　社